Cinderella Ballerina

わたし、リラ。はじめまして！

みんなには夢《ゆめ》がある？

何《なに》かむちゅうになっていることや

大好《だいす》きなことがある？

ねえ、みんなも

わたしといっしょに

夢《ゆめ》をかなえてみようよ！

リラより

シンデレラ・バレリーナ

Lira

1 夢《ゆめ》の
バレエ学校《がっこう》へ！

グエナエル・バリュソー 作
清水玲奈 訳　森野眠子 絵

もくじ
CONTENTS

登場人物紹介《とうじょうじんぶつしょうかい》

わたし、リラ。11歳《さい》！
フランスのリールって
町《まち》に住《す》んでるよ。
おどることが大好《だいす》き！
バレリーナになるのが
夢《ゆめ》なんだ。

リラ・ルグラン

リラの母《かあ》さん

ルグランせんたく店《てん》を
切《き》りもりしている。

トム
Thomas
パリの通りでおかしを
売っている。

アデル
Adèle
パリ・オペラ座バレエ
学校の生徒。

Mademoiselle Aimée

エメ姉さん
ルグランせんたく店の
お客さん。

Solange

ソランジュ
リラと同じオーディションを
受ける。

第1章 旅立《たびだ》ちの日《ひ》

「リラ！　リラ！」

母《かあ》さんの声《こえ》が、階《かい》だんの下《した》から聞《き》こえてきます。

屋根《やね》うら部屋《べや》にいるリラは、

「母《かあ》さん、すぐ行《い》くね！」

と言《い》ってから、こうつけたしました。

「でも、荷《に》づくりが終《お》わったらね」

「リラったら。もう一か月《げつ》も前《まえ》からじゅんびしているじゃない。少《すく》なくとも十回《かい》は、荷物《にもつ》を出《だ》したり入《い》れたりしたんじゃないの」

母《かあ》さんにそう言《い》われても、リラはきっぱりと答《こた》えます。
「そうだけど、やっぱり念《ねん》には念《ねん》を入《い》れてたしかめないとね。パリに着《つ》いてから何《なに》かが足《た》りないってことになったら大変《たいへん》だもん」
母《かあ》さんはとうとうあきらめたみたいです。

「じゃあ、母《かあ》さんはお店《みせ》で待《ま》ってるからね。でも急《いそ》いで。あと十分《ぷん》で出発《しゅっぱつ》しないと。汽車《きしゃ》は待《ま》ってくれないから」

リラの母《かあ》さんは、ここ、北《きた》フランスの町《まち》リールにあるルグランせんたく店《てん》の店主《てんしゅ》です。ひとりむすめのリラを育《そだ》てながら、お店《みせ》を切《き》りもりしています。

リラは下《した》の階《かい》に聞《き》こえるように大《おお》きな声《こえ》で言《い》いました。

「そんなことくらい知《し》ってるよ」

でも実《じつ》を言《い》うと、これまで、リールの外《そと》に出《で》たことはありません。汽車《きしゃ》に乗《の》るのも、パリに行《い》くのももちろん初《はじ》めて。

一九〇〇年《ねん》四月《がつ》、なんだか空気《くうき》のにおいまで変《か》わってしまったみたいに感《かん》じられる朝《あさ》でした。もちろんパリに行《い》くのは楽《たの》しみでたまらないのですが、心配《しんぱい》な気持《きも》ちもあります。だからトランクの中身《なかみ》をたしかめずにはいられないのです。きっとだいじょうぶだと、自《じ》分《ぶん》に言《い》い聞《き》かせるために。

タイツ六足《そく》、ハンカチ六まい、*ネグリジェとスリップ一着《ちゃく》ずつ、ペチコート二まい……白《しろ》いコットンのワンピース一着《ちゃく》、手《て》ぶくろ一組《くみ》……タオル、ヘアブラシ……。

「これでかんぺき！」

リラは少《すこ》しほっとしたようにつぶやきました。

バレリーナにとって大切《たいせつ》なチュチュとバレエシューズが入《はい》ってい

＊ネグリジェは、ワンピースの形《かたち》のねまきです。スリップは、ひもでかたからつり下《さ》げる、ひざぐらいまでの長《なが》さの下着《したぎ》です。ペチコートは、スカートの内《うち》がわにはく下着《したぎ》です。

ないのはなぜかといえば、オーディションに受《う》かった新入生《しんにゅうせい》には学校《がっこう》で配《くば》られるからです。

そのときリラは、トランクをしめる手《て》を止《と》めました。

「大変《たいへん》、忘《わす》れるところだった！」

リラは、ベッドのそばに画《が》びょうでとめてあった白黒写真《しろくろしゃしん》を外《はず》しました。パリ・オペラ座《ざ》バレエ団《だん》で活《かつ》やくするイタリア

人《じん》バレリーナ、カルロッタさんの写真《しゃしん》です。

美《うつく》しい羽根《はね》かざりのついた真《ま》っ白《しろ》なチュチュを着《き》て、頭《あたま》に白《しろ》い花《はな》をつけたすがたで、ポーズを決《き》めています。

「最高《さいこう》の*エトワール、カルロッタ・ザンベリに大《おお》きなはく手《しゅ》」というみ出《だ》しの、去年《きょねん》の新聞記事《しんぶんきじ》にのっていた写真《しゃしん》です。

リラはいつも部屋《へや》でこの写真《しゃしん》をながめて、バレリーナになる夢《ゆめ》をふくらませてきました。

記事《きじ》の切《き》りぬきをくれたのは、ルグランせんたく店《てん》のお客《きゃく》さん、エメ姉《ねえ》さんです。

血《ち》はつながっていないけれど、ひとりっ子《こ》のリラにとって、姉《ねえ》さ

＊エトワールは、パリ・オペラ座《ざ》バレエ団《だん》で主役《しゅやく》をおどるバレリーナの中《なか》でも特《とく》に花形《はながた》ダンサーのことです。

んのような人《ひと》。はい色《いろ》のかみに、はだをおしろいで真《ま》っ白《しろ》にして、真《ま》っ赤《か》な口《くち》べにを付《つ》けています。わかいころから愛用《あいよう》しているドレスやコートはちょっとくたびれているけれど、とてもはなやか。かざりのついたぼうしをかぶり、古《ふる》びたブーツをはいて、いつもさっそうとお店《みせ》にやってきます。

ちょっと変《か》わっているけれど、リラにとっては、あこがれの姉《ねえ》さんなのです。

エメ姉《ねえ》さんは、わかいころ、パリ・オペラ座《ざ》バレエ団《だん》のエトワールだったそうです。大《だい》とうりょうの前《まえ》でおどったこともあるとか！

その後《ご》、生《う》まれ育《そだ》ったリールに帰《かえ》ってきました。せんたく物《もの》を持《も》ってお店《みせ》に来《く》るたびに、オペラ座《ざ》の思《おも》い出《で》をリラに語《かた》って聞《き》かせてくれます。

母《かあ》さんによれば、いつも夢《ゆめ》の世界《せかい》に生《い》きている人《ひと》。でも母《かあ》さんだって、そんなふうに言《い》いながら、エメ姉《ねえ》さんの話《はなし》にいつも耳《みみ》をかたむけているのです。

ある日《ひ》、お店《みせ》のおくでくるくる回《まわ》りながらおどっていたリラを見《み》て、エメ姉《ねえ》さんは、きっぱりと言《い》いました。

「この子《こ》は才能《さいのう》がある。パリ・オペラ座《ざ》バレエ学校《がっこう》に行《い》くべきだ」

母《かあ》さんは、かたをすくめただけでした。でも、エメ姉《ねえ》さんのこの言葉《ことば》を聞《き》いて、バレリーナになりたいというリラの夢《ゆめ》をかなえてあげよう、そのためにはなんでもしようと決《き》めたのです。リラ本人《ほんにん》は、バレリーナになった自分《じぶん》をさっそく想《そう》ぞうし、期待《きたい》にむねをふくらませていました。

リラはカルロッタさんの写真《しゃしん》をトランクの服《ふく》の間《あいだ》に入《い》れました。あこがれのバレリーナは、少《すこ》し悲《かな》しそうに深《ふか》い黒色《くろいろ》の目《め》をふせて、何《なに》かをじっと考《かんが》えているかのようです。

「いよいよ、この日《ひ》が来《き》た。すべてが今日《きょう》、始《はじ》まるんだ！」

リラは写真《しゃしん》に話《はな》しかけました。

そのとき、母《かあ》さんの声《こえ》がまた聞《き》こえてきました。

「リラ！」

「はあい、母《かあ》さん、今行《いまい》くね」

部屋《へや》を出《で》る前《まえ》に、かべにかかった小《ちい》さな鏡《かがみ》を見《み》ました。

わたしは金《きん》ぱつだし、元気《げんき》いっぱいだし、悲《かな》しそうなえんぎをするカルロッタさんにはあまりにていないなあ。

でも大事《だいじ》なのは、とにかくオーディションに受《う》かること！

リラはそう自分《じぶん》に言《い》い聞《き》かせると、階《かい》だんをかけ下《お》りました。

そのまま一階《かい》のせんたく屋《や》にかけこむと、まだ朝《あさ》の八時前《じまえ》なのに、いつもの店員《てんいん》さんたちがせっせと働《はたら》いています。

つけえりにせんたくのりをつけているのは、ポーレットさん。

シーツのアイロンかけをしているのはアメリさん。

シャツにししゅうをしているのはスザンヌさんです。

黒《くろ》い鉄《てつ》でできた大《おお》きなストーブの上《うえ》には、熱《あつ》くするためにアイロンが立《た》てかけてあり、そこから湯気《ゆげ》がのぼっています。床《ゆか》には洗《あら》い立《た》てのせんたくものが入《はい》った大《おお》きなかごが置《お》かれていて、すみれのかおりの石《せっ》けんとせんたくのりがまざりあったようないいにおいがしています。

リラは、ほかほかあたたかい母《かあ》さんのせんたく屋《や》が大好《だいす》き。ストーブのそばでお客《きゃく》さんたちの話《はなし》をきいたり、店員《てんいん》さんたちとおしゃべりをしたり、何時間《なんじかん》いてもあきることがありません。

スザンヌさんは「リラは口《くち》から先《さき》に生《う》まれてきたみたいだ」なん

て言《い》うけれど、本当《ほんとう》はリラをとてもかわいがってくれていました。

ポーレットさんは、リラの様子《ようす》を見《み》て言《い》いました。

「この子《こ》ったら。わたしたちのことなんてどうでもよくて、さっさとパリに行《い》きたいってわけだね」

リラはポーレットさんにだきついてキスします。

「とんでもない。ただわたし、パリが楽《たの》しみでたまらないだけなの」

アメリさんはため息《いき》をつきます。

「パリかあ。パリに行《い》けるなんて、リラは運《うん》がいいねえ」

「うん、本当《ほんとう》にそうだね」

リラは、目《め》をきらきらさせて答《こた》えました。

ポーレットさんは、せんたくのりの入《はい》ったおけに手《て》をつっこんで「やれやれ」とため息《いき》をつきます。

「パリは*万博《ばんぱく》で大《おお》さわぎでしょう。どこに行《い》っても人《ひと》ごみだし、うるさいし、いやなことだらけ。わざわざそんなところに行《い》きたい人《ひと》の気《き》が知《し》れない。わたしはぜったいいやだな」

そこでスザンヌさんが口《くち》をはさみます。

「そうかいな。すごく楽《たの》しそうだと思《おも》うけど」

スザンヌさんは、せんたく屋《や》のいちばんのお年《とし》よりです。昔《むかし》にくらべて目《め》が悪《わる》くなったのですが、ししゅうや、レースにアイロンをかけるわざでは、だれにも負《ま》けません。

＊万博《ばんぱく》こと万国博《ばんこくはく》らん会《かい》は、さまざまな国《くに》の産業《さんぎょう》、文化《ぶんか》や発明《はつめい》を紹介《しょうかい》する大《おお》きな展《てん》らん会《かい》です。19世紀半《せいきなか》ばに始《はじ》まりました。

「万博《ばんぱく》を見《み》ようと、世界中《せかいじゅう》からえらい人《ひと》たちが、おめかししてパリにつめかけているんでしょう。王様《おうさま》や女王様《じょおうさま》にも、大《だい》とうりょうにも会《あ》えるなんて、うらやましいよ」

スザンヌさんはやさしくそう言《い》って、リラの頭《あたま》をなでました。

そのとき母《かあ》さんが、手《て》をパンパンとたたき、店員《てんいん》さんたちの注意《ちゅうい》を引《ひ》いてから、たしなめるように言《い》いました。

「いいですか。リラは、パリに遊《あそ》びに行《い》くのではありません。パリ・オペラ座《ざ》バレエ学校《がっこう》に入《はい》るために出発《しゅっぱつ》するのです。明日《あした》はオーディションです。パリの街《まち》も、万博《ばんぱく》も、見物《けんぶつ》するひまなんてないかもしれません」

「それは残念《ざんねん》だねえ」

スザンヌさんはため息《いき》をつきます。

「母《かあ》さん、パリに行《い》く前《まえ》に、エメ姉《ねえ》さんに会《あ》えるかな」

「さあ、どうかしら。エメ姉《ねえ》さんが朝《あさ》十時《じ》より前《まえ》に店《みせ》に来《き》たことはないからね。今日《きょう》来《く》るのも、わたしたちが家《いえ》を出《で》た後《あと》じゃないかな」

リラはがっかりしました。出発前《しゅっぱつまえ》にあいさつしたかったのに。だって、バレエを習《なら》ったことのないリラがオーディションを受《う》けることになったのは、そもそも、パリ・オペラ座《ざ》バレエ団《だん》の元《もと》バレリーナであるエメ姉《ねえ》さんが、才能《さいのう》があると言《い》ってくれたおかげだから。

そう考《かんが》えていると、母《かあ》さんが言《い》いました。

「さあさあ、みなさんは、仕事《しごと》にもどってください。わたしがるすをする三日間《かかん》は、ポーレットさんに店主《てんしゅ》の役目《やくめ》をおまかせします。お店《みせ》をくれぐれもたのみますよ」

ポーレットさん、スザンヌさんとアメリさんは、リラを代《か》わるがわるだきしめてキスしながら、「がんばってね」「幸運《こううん》をいのっているわ」などと言《い》ってはげましてくれました。

いよいよ旅立《たびだ》ちの時《とき》をむかえて、リラはまた心配《しんぱい》になりました。パリ・オペラ座《ざ》バレエ学校《がっこう》に入《はい》ったら、パリでくらすことになります。まだ十一歳《さい》ですから、母《かあ》さんとはなれてくらすのは、とても心細《こころぼそ》いのです。

母《かあ》さんのお店《みせ》のせんたくのりのにおいや湯気《ゆげ》の温《あたた》かさ、お客《きゃく》さんたちのおしゃべり、それに店員《てんいん》さんたちが手《て》を動《うご》かしながら歌《うた》う声《こえ》が、どんなになつかしくなることでしょう。そして、ポーレットさんのかざらないやさしさ、アメリさんがきかせてくれる物語《ものがたり》、学校《がっこう》から帰《かえ》るとスザンヌさんがないしょでくれるあめ玉《だま》のあまさが、こいしくてたまらなくなるにちがいありません。

母《かあ》さんが「さあ行《い》きましょう」とリラの手《て》をにぎります。

「ぐずぐずしていると、わかれがますますつらくなるだけだから。本物《ほんもの》のバレリーナになるためには、勇気《ゆうき》を出《だ》さなくちゃね」

リラはこくりとうなずきます。

母《かあ》さんの言《い》う通《とお》りです。有名《ゆうめい》なパリ・オペラ座《ざ》バレエ学校《がっこう》に入《はい》るという夢《ゆめ》をいだいているのは、もちろん自分《じぶん》だけではありません。

オーディションを受《う》けに来《く》る子《こ》は、とても大《おお》ぜいいるはずです。はなやかなオペラ座《ざ》にあり、しかもお金《かね》がかからないバレエ学校《がっこう》ですから、みんなのあこがれの的《まと》です。

そして、合格《ごうかく》するのは十人《にん》にひとりと言《い》われています。

十人《にん》にひとり……けっして多《おお》くはありません。

考《かんが》えれば考《かんが》えるほど、せまき門《もん》です。

リラは、母《かあ》さんの手《て》をぎゅっとにぎりました。

十人《にん》にひとり……どうか、わたしがその中《なか》に選《えら》ばれますように。

第2章

幸運《こううん》のお守《まも》り

四月《がつ》の月曜日《げつようび》の朝《あさ》、リール駅《えき》のプラットホームは人《ひと》であふれかえっていました。

スーツを着《き》てステッキを手《て》に持《も》ったお金《かね》もちそうなしんしや、日《ひ》がさとぼうし箱《ばこ》を持《も》ったおしゃれなきふじんが、セーラー服《ふく》の子《こ》どもたちを連《つ》れています。

駅《えき》で働《はたら》く人《ひと》が、トランクを山《やま》ほど積《つ》み上《あ》げた荷車《にぐるま》をおしていきます。新聞売《しんぶんう》りが、今日《きょう》の見出《みだ》しを大声《おおごえ》でさけび、制服《せいふく》を着《き》た駅長《えきちょう》さんが、笛《ふえ》をするどく鳴《な》らします。

でも、にぎやかな駅《えき》でリラが何《なに》よりも心《こころ》をひかれたのは、とてつもなく大《おお》きな汽車《きしゃ》でした。白《しろ》いじょう気《き》をもくもくとはきながら、かみなりのような音《おと》をとどろかせて走《はし》るのです。

リラと母《かあ》さんは乗客《じょうきゃく》をかき分《わ》けて、パリ行《い》きの汽車《きしゃ》のホームに向《む》かいました。

母《かあ》さんが買《か》ったのは三等《とう》のきっぷでした。三等《とう》はせまい上《うえ》にいすが固《かた》くて乗《の》り心地《ごこち》が悪《わる》いぶん、上等《じょうとう》な席《せき》にくらべて安《やす》く乗《の》れるのです。

リラに不満《ふまん》はありません。これでも母《かあ》さんは自分《じぶん》のためにせいいっぱい大事《だいじ》なお金《かね》を使《つか》ってくれていると、わかっていたからです。

リラが赤《あか》ちゃんのころに父《とう》さんがなくなって、家《いえ》はまずしくなりました。でも母《かあ》さんは、一生《いっしょう》けんめいはたらいて、リラに不自由《ふじゆう》な思《おも》いをさせないよう育《そだ》ててくれました。

汽車《きしゃ》に乗《の》りこむと、リラはいすに座《すわ》り、持《も》ってきた小《ち》さなトランクをひざにのせました。

ホームから汽車《きしゃ》に乗《の》りこむ乗客《じょうきゃく》たちをまどからながめていると、突然《とつぜん》、「リラ」とよぶ声《こえ》が聞《き》こえてきました。

立《た》ち上《あ》がってまどを開《あ》けると、人《ひと》ごみの中《なか》で、大《おお》きく手《て》をふる女《おんな》の人《ひと》のすがたが目《め》に入《はい》ります。

赤《あか》い花《はな》のかざりのついた大《おお》きなぼうしをかぶり、群青色《ぐんじょういろ》のコートを着《き》て、ピンクのベルベットでできたハンドバッグと、箱《はこ》を手《て》に持《も》っています。

全部《ぜんぶ》の車両《しゃりょう》をのぞきこみながら、「リラ、リラ」と大声《おおごえ》でよんでいます。

エメ姉《ねえ》さんがやっぱり来《き》てくれたんだ。

リラの心《こころ》はおどりました。

「姉《ねえ》さん！　ここにいるよ！」

リラはまどから手《て》を出《だ》してふりました。

エメ姉《ねえ》さんは息《いき》を切《き》らしながらかけよってきました。そしてリラにほほえみかけました。

エメ姉《ねえ》さんにとって、リラはかわいい妹《いもうと》のような存在《そんざい》なのです。

「間《ま》に合《あ》ってよかったよ。いよいよ出発《しゅっぱつ》だね」

リラはこくりとうなずきました。

「おまえにいいものをあげるよ。どうぞ」

とエメ姉《ねえ》さんは言《い》い、少《すこ》しでこぼこになった紙《かみ》の箱《はこ》を、まどごしに差《さ》し出《だ》しました。

リラが受《う》け取《と》ってふたを取《と》り、中《なか》のうす紙《がみ》をそっと開《ひら》くと、やわらかい赤《あか》いかわでできたトウシューズが出《で》てきました。赤《あか》のサテンリボンが付《つ》いています。

こんなにきれいなものは見《み》たことがありません。

　今《いま》までもらった中《なか》で、一番《いちばん》すてきなおくりものだと、リラは思《おも》いました。

　かかとつま先《さき》がぼろぼろですが、そんなことは気《き》になりません。

「オペラ座《ざ》ではいたシューズだよ」

とエメ姉《ねえ》さんが説明《せつめい》します。

「大《だい》とうりょうの前《まえ》で、＊『ラ・シルフィード』をおどったときに、はいたシューズだ」

　リラの目《め》はかがやきました。

「本当《ほんとう》にきれい」

　そうつぶやきながら、サテンのリボンをなでます。

＊ジャン・シュナイツホーファ作曲《さっきょく》の「ラ・シルフィード」は最古《さいこ》のロマンティック・バレエの作品《さくひん》です。1832年《ねん》にパリ・オペラ座《ざ》で初演《しょえん》されました。当時《とうじ》、マリー・タリオーニというバレリーナがシルフィードをおどり、衣《い》しょうの白《しろ》いチュチュが流行《りゅうこう》しました。

「でも、わたしには大《おお》きすぎないかな？」

「もしも大《おお》きすぎたら、わたをつめればいい。つま先《さき》がいたくならないように、バレリーナはみんなそうしてるんだ」

リラは、エメ姉《ねえ》さんに言《い》われた通《とお》りにしようと思《おも》いながら、感動《かんどう》した声《こえ》で、「ありがとう」と言《い》いました。

エメ姉《ねえ》さんはこう続《つづ》けます。

「このシューズは幸運《こううん》をもたらすお守《まも》りだよ。これさえあれば、何《なに》もかもうまくいくはず。がんばってね」

リラはにっこりしました。

とつぜん、出発《しゅっぱつ》をつげる笛《ふえ》が鳴《な》りひびきます。

汽車《きしゃ》が動《うご》き出《だ》しました。初《はじ》めはゆっくりと、それから少《すこ》しずつ早《はや》さを増《ま》していきます。

「行《い》ってきます、エメ姉《ねえ》さん。ありがとう！」

「さようなら、リラ！」

エメ姉《ねえ》さんは、レースのハンカチをふって見送《みおく》ってくれました。

ホームに立《た》つエメ姉《ねえ》さんのすがたは、みるみる小《ちい》さくなりました。

小《ちい》さな青《あお》い点《てん》になったかと思《おも》うと、完全《かんぜん》に見《み》えなくなりました。

リラは赤《あか》いシューズをうす紙《がみ》につつみ、箱《はこ》の中《なか》にしまいました。

心《しん》ぞうがどきどきしています。

いよいよ、新《あたら》しい人生《じんせい》の始《はじ》まりです。

もちろん、オーディションに受《う》からなくてはならないけれど、エメ姉《ねえ》さんがくれたシューズというお守《まも》りさえあれば、どんなに大変《たいへん》なことでも乗《の》りこえていけそう！

リラは、心《こころ》の中《なか》に自信《じしん》がみなぎるのを感《かん》じていました。

第3章
生《う》まれて初《はじ》めてのパリ！

五時間後《じかんご》、いよいよ、夢《ゆめ》にまで見《み》たパリに着《つ》きました。パリ北駅《きたえき》は人《ひと》でいっぱいです。

一九〇〇年《ねん》四月《がつ》十五日《にち》に幕《まく》を開《あ》けたパリ万《ばん》博《ぱく》を見物《けんぶつ》するために、フランス国内《こくない》からも外《がい》国《こく》からも、大《おお》ぜいの人《ひと》がつめかけているのです。これまでに開《ひら》かれたどんな博《はく》らん会《かい》よりも、今回《こんかい》のパリ万博《ばんぱく》は一番大《いちばんおお》きくて、一番《いちばん》りっぱだというひょうばんでした。

パリ北駅《きたえき》のホームにおり立《た》ったリラと母《かあ》さんは、立《た》ちすくんでしまいました。

こんな人《ひと》ごみは初《はじ》めてです。

母《かあ》さんはリラの手《て》をぎゅっとにぎりしめました。

「手《て》を放《はな》しちゃだめだよ。はぐれたらおしまいだからね」

そんなことを言《い》われなくても、リラは母《かあ》さんの手《て》を放《はな》すつもりなどありませんでした。

ふだんはぼうけんずきなリラも、パリにいると思《おも》うと足《あし》がすくんでしまいます。たよりになるのは母《かあ》さんだけです。

「母《かあ》さん、オペラ座《ざ》はどこかわかる？」

そう聞《き》かれて、母《かあ》さんはくびを横《よこ》にふりました。母《かあ》さんだって、パリに来《き》たのは生《う》まれて初《はじ》めてです。

リールに生《う》まれ育《そだ》って、親《しん》せきもみんな近《ちか》くにくらしています。家《いえ》はリラのひいおじいさんの代《だい》からリールに続《つづ》くせんたく屋《や》です。父《とう》さんは、リラがまだ一才《さい》にもなっていないときに、働《はたら》いていた炭《たん》こうの事故《じこ》でなくなりました。その父《とう》さんも、近《ちか》くの町《まち》に生《う》まれ育《そだ》ちました。

本音《ほんね》を言《い》えば、母《かあ》さんもリラと同《おな》じで、自分《じぶん》たちがパリにいると考《かんが》えただけでとほうにくれていたのです。

有名《ゆうめい》な大通《おおどお》りも、それからもちろん新《あたら》しい「地下鉄《ちかてつ》」という地下《ちか》を走《はし》る電車《でんしゃ》も、うわさで聞《き》いたことがあるだけです。近年《きんねん》の大発明《だいはつめい》と言《い》われている地下鉄《ちかてつ》はいよいよもうすぐパリに開通《かいつう》し、だれでも少《すこ》しのお金《かね》で地面《じめん》の下《した》を行《い》き来《き》できるようになるそうです。

リラと母《かあ》さんは、人《ひと》ごみをかき分《わ》けて駅《えき》を出《で》ました。

明《あか》るい太陽《たいよう》の光《ひかり》が照《て》らす石《いし》だたみの上《うえ》を、大《おお》ぜいの人《ひと》が早足《はやあし》で行《い》き交《か》います。どこかでかねが鳴《な》り、馬車《ばしゃ》が行《ゆ》き交《か》うたびに馬《うま》のひづめの音《おと》がひびきます。

万博《ばんぱく》に関係《かんけい》した工事《こうじ》が今《いま》も街中《まちじゅう》で行《おこな》われていて、耳《みみ》をつんざくような音《おと》があちこちでしています。道路《どうろ》には土《つち》ぼこりが立《た》ち、がれきの山《やま》や機械《きかい》が道路《どうろ》の上《うえ》に置《お》かれています。おまわりさんがそこら中《じゅう》に立《た》っていて、大《おお》きな音《おと》で笛《ふえ》をふきながら交通整理《こうつうせいり》をしています。

母《かあ》さんは二頭《とう》の馬《うま》が引《ひ》く大《おお》きな二階建《かいだ》て馬車《ばしゃ》を見《み》つけました。

「あれが乗合馬車《のりあいばしゃ》だよ。ぎょしゃ（馬車《ばしゃ》の馬《うま》をあやつる人《ひと》）に聞《き》けば、オペラ座《ざ》への行《い》き方《かた》を教《おし》えてくれるはずだ」

母《かあ》さんはそう言《い》って、馬車《ばしゃ》が止《と》まるとたずねました。

「オペラ座《ざ》まで行《い》きますか」

「オペラ座《ざ》だって」とぎょしゃは答《こた》えました。

「やれやれ、方向《ほうこう》が逆《ぎゃく》だよ。この馬車《ばしゃ》はパッシーに行《い》くんだ。オペラ座《ざ》に行《い》くなら、M線《エムせん》のパレ・ロワイヤル行《い》きに乗《の》らないとね」

M線《エムせん》？　パレ・ロワイヤル？

母《かあ》さんはもごもごとお礼《れい》を言《い》ってから、馬車《ばしゃ》が通《とお》りかかるたびに、「M線《エムせん》のパレ・ロワイヤル行《い》きですか」とたずねました。

でも返《かえ》ってくる答《こた》えは、みな期待《きたい》はずれでした。

「この馬車《ばしゃ》はモンパルナス行《い》きだ」

「B線《ビーせん》のメニルモンタン行《い》きだよ」

「いや、違《ちが》うね。この馬車《ばしゃ》はS線《エスせん》のパッシー行《い》きさ」

こうして一時間近《じかんちか》くたちました。

いったいどうすればいいのでしょう。

オペラ座《ざ》に行《い》く馬車《ばしゃ》は、いつか本当《ほんとう》にやって来《く》るのでしょうか。

リラはかたいかわのトランクと、エメ姉《ねえ》さんがくれたお守《まも》り代《が》わりのシューズの箱《はこ》をだきしめました。

そのときです。こんな答《こた》えが初《はじ》めて聞《き》こえました。

「そう、M線《エムせん》だよ。さあ、早《はや》く乗《の》って」

うなだれていたリラはやっと顔《かお》を上《あ》げました。本当《ほんとう》にうれしくて、ほっとして、ぎょしゃにキスしたいくらいでした。

馬車《ばしゃ》の下《した》の階《かい》は満員《まんいん》だったので、二階《かい》の空《あ》いていた席《せき》に母《かあ》さんとならんで座《すわ》りました。

ながめがよくて、パリの景色《けしき》が見《み》わたせます。

道《みち》がこんでいるので馬車《ばしゃ》はとてもゆっくりしか進《すす》みませんが、リラにとってはかえってうれしいのです！　さまざまなモニュメントや建《た》ちならぶ建物《たてもの》をじっくりながめることができるから。

パリの建物《たてもの》はとてもせが高《たか》く、かべは真《ま》っ白《しろ》です。大通《おおどお》りにショーウィンドーのあるお店《みせ》が建《た》ちならび、その前《まえ》を大《おお》ぜいの人《ひと》たちが行《ゆ》き交《か》っています。

歩道《ほどう》にはところどころに深緑色《ふかみどりいろ》の太《ふと》い柱《はしら》が立《た》っていて、劇場《げきじょう》が宣伝《せんでん》をするためのカラーのポスターがぎっしりとはられています。

いつか、バレリーナに

なったリラのポスターが、ここにはられる日《ひ》が来《く》るのでしょうか？

馬車《ばしゃ》でパリの通《とお》りを行《い》きながら、大《おお》きな建物《たてもの》が目《め》に入《はい》るたびに、リラは母《かあ》さんを質問《しつもん》ぜめにします。

「母《かあ》さん、この教会《きょうかい》はなんていう名前《なまえ》？」

「わたしにもわからないよ」

「じゃあ、人《ひと》がどんどん入《はい》っていくあの建物《たてもの》は？」

「ごめんね、見当《けんとう》もつかないな」

「エッフェルとうってどこにあるのかな」

「どこか遠《とお》いところだと思《おも》うよ。この辺《へん》にあるとしたら、どこかに見《み》えているはずだ。エッフェルとうはとてもせが高《たか》いらしいから」

LAIS-ROYA

リラは残念《ざんねん》そうにため息《いき》をつきました。

そのとき後《うし》ろから、笑《わら》い声《ごえ》が聞《き》こえてきました。

「エッフェルとうがだって？　おかしなことを言《い》うもんだ。エッフェルとうがオペラ座《ざ》のそばにあるわけないじゃないか」

リラは、少《すこ》しむっとしてふり返《かえ》りました。

後《うし》ろの席《せき》には同《おな》い年《どし》くらいのやんちゃそうな男《おとこ》の子《こ》がすわっていて、いたずらっぽい目《め》でこちらを見《み》ています。かみの毛《け》はぼさぼさで、顔《かお》はそばかすだらけ。ハンチングぼうをかぶり、つぎの当《あ》たったズボンにブーツをはいています。

「それから、さっきの教会《きょうかい》はサントトリニテ教会《きょうかい》っていうんだ。人《ひと》

Thomas

が大《おお》ぜい入《はい》っていく建物《たてもの》は、ギャラリー・ラファイエット。パリで一番大《いちばんおお》きなデパートだよ。エッフェルとうは、セーヌ川《がわ》をわたってすぐのところにある。でも見《み》に行《い》くのは大変《たいへん》だな」

「どうして大変《たいへん》なの？」

「万博《ばんぱく》のせいに決《き》まってるじゃないか！　エッフェルとうのまわりは今《いま》、万博《ばんぱく》のパビリオン（博《はく》らん会《かい》の会場《かいじょう》につくられる建物《たてもの》）がぎっしりならんでいるから、人《ひと》でいっぱいなんだ。万博《ばんぱく》のことも知《し》らないなんて、いったいどこから来《き》たの？」

リラは、今度《こんど》は本気《ほんき》でおこりました。

なんて失礼《しつれい》なんだろう。パリっ子《こ》だからってていばらないでよ。

そこで、むねをはってこう答《こた》えました。

「リールから来《き》たの。それとね、わたしがパリに来《き》たのは、万博《ばんぱく》を見《み》るためじゃなくて、パリ・オペラ座《ざ》バレエ学校《がっこう》に入《はい》るためなんだ」

男《おとこ》の子《こ》は、目《め》をまん丸《まる》くして、リラを見《み》つめました。

「パリ・オペラ座《ざ》バレエ学校《がっこう》？　本当《ほんとう》に？」

そして口笛《くちぶえ》をヒューと鳴《な》らしてから、大声《おおごえ》で言《い》いました。

「わあ、すてきだなあ」

リラは、ほこらしい気持《きも》ちになりました。

それにこの子《こ》、思《おも》ったより意地悪《いじわる》な子《こ》ではなさそうです。

「ぼくは父《とう》さんと、万博《ばんぱく》の会場《かいじょう》にあるパリ通《どお》りでおかしを売《う》ってるんだ。マシュマロやキャンディー、キャラメル、そのほかとびきりおいしいおかしがたくさんあるよ。ぼくといっしょにおいでよ」

おかしやさん？　あまいものが好《す》きなリラは、聞《き》いただけでよだれが出《で》てきました。

リラは母《かあ》さんの方《ほう》を向《む》いて、そでを引《ひ》っぱりました。

「ねえ、母《かあ》さん、いいでしょう？」

「でもね、リラ。そんな時間《じかん》はないよ。もう四時《じ》すぎだから、明日《あした》のオーディションにそなえて休《やす》まないと」

それを聞《き》いて、男《おとこ》の子《こ》はがっかりした様子《ようす》で言《い》いました。

「それは残念《ざんねん》だな。その後《あと》、万博《ばんぱく》を案内《あんない》してあげたかったのに。動《うご》く歩道《ほどう》とか、空高《そらたか》くまで行《い》ける大《おお》きな観《かん》らん車《しゃ》とか、見《み》たこともないような物《もの》がたくさんあるんだよ」

リラは目《め》を見《み》はりました。

「すてきね」

そして、がっかりして、ため息《いき》をつきました。

パリに来《き》たのはもちろんオーディションを受《う》けるためですが、それだけではもったいないような気《き》がしてしまったのです。

せっかく会《あ》えたこの男《おとこ》の子《こ》に案内《あんない》してもらって、パリを散歩《さんぽ》したいし、万博《ばんぱく》も見《み》たい。パリにしかないようなおかしが食《た》べたい。

この子《こ》、とてもたよりになりそうだし、おもしろいことをいっぱい知《し》っていそうだから。

リラがそんなふうに考《かんが》えていると、男《おとこ》の子《こ》は立《た》ち上《あ》がって、二本《ほん》の大通《おおどお》りが交《まじ》わる交差点《こうさてん》にそびえ立《た》つ建物《たてもの》を指《ゆび》さしました。

「ほら、見《み》て。あれが、きみが目指《めざ》しているオペラ座《ざ》だよ。中《なか》に入《はい》れるなんて、うらやましいなあ」

リラが顔《かお》を上《あ》げると、りっぱな柱《はしら》や金《きん》のちょうこく、大理石《だいりせき》、モザイクでかざられたお城《しろ》のような大《おお》きな建物《たてもの》が目《め》に飛《と》びこんできました。こんなにごうかな建物《たてもの》は、今《いま》まで見《み》たことがありません。

「早《はや》く早《はや》く、リラ。ここでおりるよ」

母《かあ》さんが言《い》います。

うっとり見《み》とれていたリラは、母《かあ》さんの声《こえ》にびっくりしてとびあがりました。あわててトランクと箱《はこ》を手《て》に取《と》り、母《かあ》さんについてらせん階《かい》だんをかけおり、馬車《ばしゃ》から道《みち》にとびおります。

気《き》がついたときには、馬車《ばしゃ》はもう出発《しゅっぱつ》していました。

二階《かい》から、男《おとこ》の子《こ》が手《て》をふっています。

「万博《ばんぱく》で待《ま》ってるから、会《あ》いに来《き》てね。わすれちゃだめだよ。あ、ぼくはトムっていうんだ。トムって言《い》えば、その辺《へん》の人《ひと》たちはだれでも知《し》ってるよ」

リラは手《て》を大《おお》きくふりながらさけびました。

「トム、わかったよ。遊《あそ》びに行《い》くね」

「オーディションがんばってね」

「ありがとう！」

馬車《ばしゃ》はさらに遠《とお》ざかり、角《かど》を曲《ま》がると見《み》えなくなりました。

リラと母《かあ》さんは、またふたりきりになりました。

オペラ座前《ざまえ》の石《いし》だたみの上《うえ》です。

「これが、オペラ座《ざ》ね」

リラは夢見心地《ゆめみごこち》で言《い》うと、母《かあ》さんの手《て》をにぎりしめました。

むねがいっぱいで、何《なに》も言葉《ことば》が出《で》てきません。

あたりには馬車《ばしゃ》がひっきりなしに行《ゆ》き交《か》い、パリの人《ひと》たちが歩《ある》き、ゆう便屋《びんや》さんが走《はし》り、お店《みせ》の人《ひと》たちが大声《おおごえ》でお客《きゃく》さんをよびこんで

います。

ふたりは立《た》ちすくんだまま、何《なに》も言《い》わずに美《うつく》しい建物《たてもの》をじっと見《み》上《あ》げていました。

なんて大《おお》きくて、なんてきらびやかなんでしょう。

こんなお城《しろ》みたいなバレエ学校《がっこう》はみんなのあこがれだから、入《はい》るのはきっとむずかしいだろうな。

でもわたしには、エメ姉《ねえ》さんがくれたお守《まも》りのシューズがある。

リラはすがるような気持《きも》ちで、シューズの箱《はこ》をぎゅっとだきしめました。

第4章
オペラ座《ざ》の門番《もんばん》

入《い》り口《ぐち》の場所《ばしょ》を調《しら》べるために、リラと母《かあ》さんはオペラ座《ざ》の周《まわ》りを一周《しゅう》することにしました。

パリ・オペラ座《ざ》は、巨大《きょだい》な劇場《げきじょう》です。美《うつく》しいアーチや柱《はしら》、ちょうこく、それにガス灯《とう》のシャンデリアで、全体《ぜんたい》がごうかにかざられています。

リラが一番《いちばん》ひかれたのは、はなやかな色《いろ》あいでした。

リールの赤《あか》いレンガの家《いえ》とも、はい色《いろ》の石《いし》

づくりの教会《きょうかい》や学校《がっこう》とも、まったくちがっていました。白《しろ》、ピンク、青緑《あおみどり》、赤《あか》、金《きん》と、きらびやかです。

いろいろなもようの大理石《だいりせき》やモザイク、それに本物《ほんもの》の金《きん》ぱくでかざられた建物《たてもの》は、まるでおとぎの国《くに》のお城《しろ》のようです。

建物《たてもの》の西側《にしがわ》に小屋《こや》があり、まどの向《む》こうに、門番《もんばん》のおじいさんがすわっていました。ぼうしをかぶって、小《ちい》さなめがねをかけた、りっぱなひげのおじいさんです。

「おじょうちゃん、こんな時間《じかん》に何《なん》の用《よう》かね」

おじいさんは、めがねをずらしてこちらを見《み》ながら、めいわくそうに言《い》いました。

「きっぷを買《か》いに来《き》たなら、売《う》り出《だ》しは明日《あした》の朝《あさ》七時《じ》からだ。場所《ばしょ》はここじゃなくて正面受付《しょうめんうけつけ》」

「ありがとうございます、でも……」

「そうか、今夜《こんや》のバレエが見《み》たいのかな。それなら残念《ざんねん》、もうとっくに売《う》り切《き》れだ」

「そうですか、あの……」

「明日《あした》も水曜《すいよう》も売《う》り切《き》れ。その

後《あと》も、ずっと売《う》り切《き》れだよ。月末《げつまつ》から始《はじ》まる『ラ・シルフィード』も、きっぷが売《う》り出《だ》されてすぐに、一枚残《まいのこ》らず売《う》り切《き》れた。『あの有名《ゆうめい》なエトワール、カルロッタ・ザンベリがおどる』というので、パリ中《じゅう》の人《ひと》たちがつめかけて来《き》ているんだ」

門番《もんばん》のおじいさんは、声《こえ》の調子《ちょうし》を変《か》えて言《い》いました。

「カルロッタさんのおどりは、本当《ほんとう》に特別《とくべつ》だからな。おじょうちゃんは、見《み》たことがないだろう」

カルロッタ・ザンベリですって？

リラはむねが高鳴《たかな》りました。

母《かあ》さんはリラの手《て》をぎゅっとにぎりしめ、くびをたてにふりました。

「はい、わたしたちはリールから着《つ》いたばかりで、カルロッタさんのおどりを見《み》たことはありません」

「そんなことだろうと思《おも》ったよ。もしも見《み》たことがあったら、わしの言《い》いたいことがすぐわかるはずだからな」

門番《もんばん》のおじいさんは、すっかりこうふんしたようすで言《い》いました。

「わしは正直《しょうじき》言《い》ってバレエのことはよくわからない。でも、美《うつく》しいもののすばらしさは、この目《め》で見《み》ればわしにははっきりわかる。その点《てん》にかけては自信《じしん》があるんだ。白《しろ》いチュチュを着《き》たカルロッタさんは、ほかのバレリーナとはくらべものにならないくらいきれいで夢《ゆめ》のようで、すぐに、ふつうの人間《にんげん》じゃないことがわかったよ」

リラは目《め》を大《おお》きく見開《みひら》き、おじいさんの話《はなし》にむちゅうになっています。

「ふつうの人間《にんげん》じゃない？」

聞《き》いた言葉《ことば》をそのままおうむ返《がえ》ししました。

おじいさんはウインクしました。

「そうさ、おじょうちゃんやわしのような、ふつうの人間《にんげん》じゃないってわけだ」

そして、ひみつをこっそり教《おし》えてあげるとでもいうかのように、小声《こごえ》でささやきました。

「いいかい、カルロッタさんは、実《じつ》はようせいにちがいない」

母《かあ》さんは、せきばらいをしました。

「いいですか、この子《こ》がオペラ座《ざ》に来《き》ているのは、カルロッタさんの『ラ・シルフィード』のためでも、ほかのバレエのためでもなくて……」

「ああ、ちょっと待《ま》って。ガルニエの名作《めいさく》であるオペラ座《ざ》の建物《たてもの》を見《み》に来《き》たっていうわけだね。二十五年前《ねんまえ》に建物《たてもの》ができたときから、わしは門番《もんばん》をしておるが、建物《たてもの》の見学目当《けんがくめあ》てに来《く》る人《ひと》も数《かぞ》えきれないくらい見《み》てきた」

おじいさんはひげをなでながらそう言《い》いました。

母《かあ》さんは言《い》いました。

「でもわたしたちは、オペラ座見物《ざけんぶつ》に来《き》たわけではないんです」

おじいさんはそれを聞《き》いて、まゆをひそめました。

「なんだって？　いったいどういうことだ。こんなお城《しろ》みたいな建物《たても》に見《み》る価値《かち》がないと言《い》いたいのか？」

「もちろんそうではありませんが……むすめのリラが明日《あした》バレエ学校《がっこう》でオーディションを受《う》けるので、下見《したみ》に来《き》たのです」

おじいさんはめがねに手《て》をそえて、リラを頭《あたま》のてっぺんから足《あし》のつま先《さき》までじろりと見《み》てから、こうたずねました。

「君《きみ》が、バレリーナになりたいとでもいうのかい」

「はい、そうです。エトワールを目指《めざ》していますす。カルロッタさんが目標《もくひょう》です」

リラが答《こた》えると、おじいさんはぷっとふき出《だ》して、ゆかいそうに笑《わら》いました。

「すごいなあ、たいした自信《じしん》だね」

リラは、どうどうと答《こた》えました。

「はい、おかげさまで」

リラは「ぜったいにオーディションに受《う》かってやる」と決意《けつい》を固《かた》めていました。

きらびやかなオペラ座《ざ》をこの目《め》で見《み》て、おじいさんからカルロッタさんがここでおどっていると聞《き》いた今《いま》、バレエ学校《がっこう》に入《はい》ることしか考《かんが》えられなくなっていました。

それでも、おじいさんはひげをなでながら、信《しん》じられないという顔《かお》で言《い》いました。

「ふむ。そんなひょろひょろした足《あし》だし、まるで巣《す》から落《お》ちたスズメのひなみたいな顔《かお》をしていて、さぞかしおもしろいバレリーナになれるだろうよ」

「わたしの足《あし》はこれからまっすぐのびるから、だいじょうぶ」

リラはつま先立《さきだ》ちになり、むねをはって言《い》い返《かえ》しました。

「足《あし》はこれからのびるだって。なるほど、その通《とお》りかもしれないな」

おじいさんはそう言《い》って、また大笑《おおわら》いしました。

「これはこれは、たいした子《こ》だ。気《き》に入《い》ったよ。オーディションは大広間《おおひろま》で、明日《あした》の朝《あさ》十時《じ》からだ」

「大広間《おおひろま》ですね。教《おし》えてくださって、ありがとうございます」

リラはていねいにお礼《れい》を言《い》いました。

「お安《やす》いご用《よう》だ。そうそう、わしの名前《なまえ》はパルドゥーだ。こまったことがあったらいつでもよんでくれ」

母《かあ》さんもお礼《れい》を言《い》ってから、リラの手《て》を引《ひ》いて道《みち》の方《ほう》に向《む》かいました。

リラは立《た》ち去《さ》りがたい気《き》持《も》ちでした。もっともっとオペラ座《ざ》をたんけんしてみたくてたまりませんでした。

リラが何《なに》も言《い》わなくても、その気持《きも》ちは母《かあ》さんに伝《つた》わりました。

母《かあ》さんは前《まえ》を向《む》いて歩《ある》きながら、

「また明日来《あしたこ》られるんだから、今日《きょう》はもう帰《かえ》ろう」

と言《い》いました。

「ねえ母《かあ》さん、巣《す》から落《お》ちたスズメのひなみたいな顔《かお》をしているってどういう意味《いみ》？」

「それは、首《くび》がほっそりしていてきれいなお顔《かお》だっていう意味《いみ》だと思《おも》うよ」

リラは思《おも》わずにっこりしました。

門番《もんばん》のパルドゥーさんの本心《ほんしん》はわからなくても、母《かあ》さんの言葉《ことば》には勇気《ゆうき》づけられました。

母《かあ》さんがおうえんしてくれているから、がんばらなくちゃ。

それから、母《かあ》さんはつかれた声《こえ》で言《い》いました。

「まずは、今夜《こんや》とまれるように、食事付《しょくじつ》きの小《ちい》さな宿《やど》を探《さが》そう。それから少《すこ》し休《やす》まなくてはね。もう六時《じ》だし、パリの街《まち》を動《うご》きまわったから、すっかり足《あし》がくたくただよ」

「ねえ母《かあ》さん、このホテルを見《み》て！」

リラが、オペラ座《ざ》の目《め》の前《まえ》にある石《いし》づくりのりっぱなホテルを指《ゆび》さして言《い》いました。

「ここにとまれたらいいな」

「そうねえ。でもこんなごうかなホテルにとまったら、三か月分《げつぶん》のかせぎが一ばんで消《き》えてしまうよ」

「じゃあ、あのカフェは？」

カフェのテラスにパリの人《ひと》たちがすわって、大《おお》きなグラスからレモネードを飲《の》んでいます。

「あそこで少《すこ》し休《やす》もうよ」

「でもね、リラ、あそこはおそろしく高《たか》いカフェなんだ。一ぱい飲《の》み物《もの》をたのんだだけでも、とんでもないお金《かね》がかかってしまうよ」

リラはちょっとがっかりしました。

道《みち》にせり出《だ》したカフェのテーブルの間《あいだ》では、大《おお》きな白《しろ》いエプロンをしたウェイターさんたちがいそがしく立《た》ち働《はたら》いています。

その前《まえ》を通《とお》りすぎながら、お客《きゃく》さんたちをながめました。

おしゃれをした女《おんな》の人《ひと》が、せんすをゆっくり動《うご》かしてあおい

でいます。小《ちい》さな女《おんな》の子《こ》が、シャーベットをおいしそうに食《た》べています。ぼうしをかぶった男《おとこ》の人《ひと》がおしゃべりをしたり、新聞《しんぶん》を読《よ》んだりしています。

いつかカルロッタさんのように有名《ゆうめい》なバレリーナになったら、パリ中《じゅう》の人《ひと》が自分《じぶん》のおどりを見《み》にきて、はく手《しゅ》をしてくれる。

リラはそんな自分《じぶん》を想《そう》ぞうすると、また希望《きぼう》がわいてくるのを感《かん》じました。

第5章
オーディションの朝《あさ》

そういうわけで、リラはごうかなホテルにとまることとも、高級《こうきゅう》なカフェでレモネードを飲《の》むこともなく、オペラ座《ざ》のうらの小《ちい》さな宿《やど》にとまりました。

ねる前《まえ》に、食堂《しょくどう》でスープを飲《の》み、馬肉《ばにく》を食《た》べました。

母《かあ》さんによれば、馬肉《ばにく》を食《た》べると足《あし》が強《つよ》くなるし、バレリーナになりたいなら、トウシューズできれいにおどれるように足《あし》を強《つよ》くしなくてはならないというのです。

それから、屋根《やね》うら部屋《べや》の一台《だい》しかない小《ち》さな木《き》のベッドでふたりいっしょにねました。

母《かあ》さんの言《い》った通《とお》り、くたくたにつかれていたせいであっという間《ま》にねむりにつきました。

よく朝《あさ》、リラは最高《さいこう》の気分《きぶん》で目覚《めざ》めました。そのばんねている間《あいだ》に見《み》た夢《ゆめ》のおかげです。

夢《ゆめ》で、リラはきれいな白《しろ》いチュチュを身《み》につけ、カルロッタさんとふたりでステージに立《た》ち、*デュエットをおどりました。おどりおわると、満員《まんいん》のお客《きゃく》さんはふたりに向《む》かって大《おお》きなはく手《しゅ》を送《おく》り、花《はな》たばを投《な》げてくれました。


*デュエットとは、同性《どうせい》のふたりで行《おこな》うおどりです。

とてもえんぎのいい夢《ゆめ》だ。

リラはそう思《おも》いました。

母《かあ》さんは、リラのとなりでまだねむっています。

リラはつま先立《さきだ》ちになって、天《てん》まどの方《ほう》に歩《ある》いて行《い》きました。

オペラ座《ざ》の丸屋根《まるやね》が見《み》えます。

そのながめに、リラはとつ然《ぜん》、心《しん》ぞうがどきどきするのを感《かん》じました。

「いよいよ、この日《ひ》が来《き》た。あのお城《しろ》みたいなオペラ座《ざ》に行《い》って、早《はや》く中《なか》に入《はい》りたい。ごうかな室内《しつない》が見《み》てみたい」

そんな気持《きも》ちで、オーディションで失敗《しっぱい》するのではないかという不安《ふあん》はかき消《け》されていました。

でも、パリの街《まち》をぎっしりと埋《う》める建物《たてもの》の屋根《やね》をながめていると、今度《こんど》はふと、「パリ・オペラ座《ざ》バレエ学校《がっこう》に入《はい》りたい女《おんな》の子《こ》は、いったいどんな子《こ》たちだろう」という考《かんが》えがうかんできました。

門番《もんばん》のパルドゥーさんの言葉《ことば》がよみがえってきます。

「そんなひょろひょろした足《あし》だし、まるで巣《す》から落《お》ちたスズメのひなみたいな顔《かお》をしていて、さぞかしおもしろいバレリーナになれるだろうよ」

リラは、前《まえ》かがみになって自分《じぶん》の足《あし》を見《み》ました。

たしかに子《こ》どもっぽいひょろひょろした足《あし》だ。

カルロッタさんのようにグラン・フェッテ（上《あ》げている足《あし》をむち打《う》つようにすばやく動《うご》かしながら、かた足《あし》のつま先立《さきだ》ちで連続《れんぞく》して回転《かいてん》する動《うご》き）ができるようになるには、馬肉《ばにく》を山《やま》ほど食《た》べなければならないかもしれません。

リラは音《おと》を立《た》てないように、エメ姉《ねえ》さんがくれた箱《はこ》を開《あ》けました。うす紙《がみ》の中《なか》から、赤《あか》いシューズをそっと取《と》り出《だ》します。

どう見《み》ても、やっぱりリラには大《おお》きすぎます。

エメ姉《ねえ》さんが教《おし》えてくれた通《とお》り、つま先《さき》にわたをつめてみました。それから、足首《あしくび》のリボンをきつくまきます。すると、まほうみたいに、シューズは足《あし》にぴったりくるではありませんか。

屋根《やね》うら部屋《べや》には鏡《かがみ》がないのですが、このシューズをはいた自分《じぶん》はとびきりすてきで、まるで本物《ほんもの》のバレリーナみたいに見《み》えるにちがいありません。

リラは木《き》のゆかの上《うえ》で、エメ姉《ねえ》さんが教《おし》えてくれたバレエのステップを試《ため》してみることにしました。

まずはアントルシャ（両足《りょうあし》でジャンプして両足《りょうあし》を交差《こうさ》しながら、足《あし》を打《う》ちつけあうステップ）です。

一、二、三……、一、二、三……。

リラは目《め》をとじて、何百《なんびゃく》ものガス灯《とう》に照《て》らされたオペラ座《ざ》のステージにいる自分《じぶん》を想《そう》ぞうします。

すっかりいい気分《きぶん》でピルエット（かた足《あし》で立《た》って回《まわ》るステップ）をしようとしたら、部屋《へや》がせまいせいでたんすにぶつかり、ベッドの上《うえ》にたおれてしまいました。

母《かあ》さんはびっくりして目《め》を覚《さ》まします。

「リラ、いったいどうしたの？」

「ごめんね母《かあ》さん、ついむちゅうになっちゃって。エメ姉《ねえ》さんのシューズ、とってもすてきじゃない？　しかもわたしにぴったりだね」

母《かあ》さんは、こまった顔《かお》で赤《あか》いシューズをながめました。

かた方《ほう》のつま先《さき》にさわってみると、やっぱり、リラがわたを入《い》れたことがわかります。少《すく》なくとも二センチは先《さき》があまっています。

「あのね、リラ」

母《かあ》さんは、言葉《ことば》を選《えら》んで言《い》いました。

「そんなシューズではちゃんとおどれないだろう。最初《さいしょ》のステップでぬげてしまいそうだ。オーディションに受《う》かったらきちんとしたバレエシューズがもらえるんだから、エメ姉《ねえ》さんのシューズは大事《だいじ》にとっておきなさい」

そのとき、遠《とお》くで教会《きょうかい》のかねが八回鳴《かいな》るのが聞《き》こえました。八時《じ》です。

オーディションにおくれたくなければ、すぐにしたくをしなくてはなりません。パルドゥーさんは、大広間《おおひろま》に十時《じ》に行《い》かなくてはならないと教《おし》えてくれました。

でも大《おお》ぜいの子《こ》たちが集《あつ》まるでしょうし、オペラ座《ざ》の中《なか》でまよってしまうかもしれません。

リラは、金《かな》だらいの近《ちか》くに置《お》いてあった水差《みずさ》しを手《て》に取《と》りました。冷《つめ》たい水《みず》で顔《かお》をあらい、タイツとワンピースを着《き》ます。白《しろ》いコットンのシンプルなワンピースですが、スザンヌさんがきれいにのりをつけて、アイロンをかけてくれました。

それから、リラはトランクからヘアブラシを出《だ》して、母《かあ》さんにわたしました。

母《かあ》さんは、かみの毛《け》をおだんごにゆいあげる名人《めいじん》です。たった十分《ぷん》で、リラの金《きん》ぱつを三《み》つあみにし、丸《まる》めて、後《うし》ろでとめます。それから小《ちい》さな白《しろ》い花《はな》かざりを手《て》にとって、おだんごにピンでとめました。

母《かあ》さんは少《すこ》し下《さ》がって、しんけんな顔《かお》でリラのかみをたしかめました。おくれ毛《げ》を整《ととの》え、少《すこ》

しだけつやを出《だ》す油《あぶら》をつけて、満足《まんぞく》げに言《い》いました。

「はい、できあがり。まるで本物《ほんもの》のエトワールみたいだ」

リラは自分《じぶん》でたしかめることはできないけれど、母《かあ》さんのほこらしげな顔《かお》を見《み》て、安心《あんしん》しました。

「ちょっと待《ま》って。ひとつわすれてたよ」

母《かあ》さんは、かばんの中《なか》をごそごそとさぐりました。

出《で》てきたのは、ふきんに包《つつ》んだ*ビーツの切《き》れはしでした。母《かあ》さんは、リラの両方《りょうほう》のほっぺにそれをすりこみました。そして、ハンカチを出《だ》して赤《あか》い色《いろ》をぼかしました。

「ほら、これで完《かん》ぺきだ。顔色《かおいろ》が悪《わる》いからステージばえしないと言《い》

*赤《あか》むらさき色《いろ》の野菜《やさい》で、あまみがあります。サラダやスープ、煮《に》こみ料理《りょうり》などに使《つか》います。

われないですむよ」

教会《きょうかい》のかねが九回鳴《かいな》りました。いよいよオペラ座《ざ》に出発《しゅっぱつ》する時間《じかん》です。母《かあ》さんとリラは、一日《にち》が始《はじ》まったばかりのパリの大通《おおどお》りに出《で》て、新《あたら》しい活気《かっき》とにぎわいにつつまれました。

オペラ座《ざ》の前《まえ》には車《くるま》がつぎつぎにとまり、お母《かあ》さんに連《つ》れられた女《おんな》の子《こ》がおりてきます。

それを見《み》ていたリラは、急《きゅう》にまた心細《こころぼそ》くなりました。どの子《こ》も、手強《てごわ》そうなライバルです。

母《かあ》さんはパン屋《や》に立《た》ちよって、リラのために丸《まる》パンを買《か》ってくれました。

「ほら、ちょっとは食《た》べて、力《ちから》を出《だ》さなくちゃ」

でも、パンなど少《すこ》しものどを通《とお》りません。

母《かあ》さんのために少《すこ》しだけ白《しろ》い部分《ぶぶん》を食《た》べますが、残《のこ》りは母《かあ》さんのバッグの中《なか》に入《い》れてしまい、だまったまま歩《ある》いていきます。

母《かあ》さんは何度《なんど》も、

「心《こころ》のじゅんびはいい？」

とたずねました。

リラはそのたびにうなずいて、つくりわらいをしましたが、それは母《かあ》さんを安心《あんしん》させるためでした。

本当《ほんとう》は、心《こころ》のじゅんびなどまったくできていませんでした。心《しん》ぞうが口《くち》からとび出《だ》しそうなくらいどきどきしていたのです。

きんちょうと心配《しんぱい》の入《い》りまじった母《かあ》さんの顔《かお》を見《み》て、リラはオーディションの重大《じゅうだい》さをあらためて感《かん》じていました。

ふだんの母《かあ》さんは、いつも落《お》ち着《つ》いている人《ひと》です。せんたく屋《や》でも、何《なに》が起《お》きても動《どう》じることはありません。かごにせんたくものがあふれているときも、ストーブがなかなか温《あたた》まらないときも、店員《てんいん》さんたちの仕事《しごと》がはかどらないときも、いつだって冷静《れいせい》です。

エメ姉《ねえ》さんにすすめられて、リラがパリに行《い》きたいと言《い》い出《だ》したときでさえ、母《かあ》さんは動《どう》じることなく賛成《さんせい》してくれました。

心《こころ》の中《なか》ではひとりむすめのリラとはなれるのは悲《かな》しくてたまらな

いのですが、リラの夢《ゆめ》をかなえるために、全力《ぜんりょく》でおうえんしてくれています。

そんなふうにいつもは落《お》ち着《つ》いている母《かあ》さんなのに、今朝《けさ》はとてもきんちょうしていることが、リラに伝《つた》わってきました。

そのせいで、オーディションで失敗《しっぱい》するのではないかという気持《きも》ちがさらに高《たか》まりました。

母《かあ》さんをがっかりさせたらどうしよう？

オペラ座《ざ》の前《まえ》に着《つ》くと、門番《もんばん》のパルドゥーさんがいて、

「お名前《なまえ》は？」

と、下《した》を向《む》いたまま聞《き》きました。

「リラ・ルグランです」

そこでパルドゥーさんは顔《かお》を上《あ》げて言《い》いました。

「ああ、やっぱり来《き》たんだ。まだ小《ちい》さいのに、ずいぶんがんこな子《こ》だなあ。カルロッタさんみたいになりたいというのは本気《ほんき》なんだね」

リラは、母《かあ》さんが自分《じぶん》の手《て》をにぎる力《ちから》を強《つよ》めるのを感《かん》じながら、パルドゥーさんの目《め》をまっすぐ見《み》て、自信《じしん》たっぷりに答《こた》えました。

「少《すく》なくとも、ちょうせんすることはわたしにだってできるでしょう。大広間《おおひろま》の場所《ばしょ》を教《おし》えていただけますか」

パルドゥーさんは頭《あたま》をぽりぽりとかいてから、ろうかを指《ゆび》さしました。

「あっちだよ。左《ひだり》に行《い》くとロビーに出《で》るから、そこから大階《おおかい》だんを上《あ》がって」

「大階《おおかい》だんへはどう行《い》けばいいのでしょうか？　ロビーから右《みぎ》に行《い》くのでしょうか？　それとも左《ひだり》？」

リラはまいごになりたくなかったので、ていねいに聞《き》き返《かえ》しました。

パルドゥーさんは笑《わら》い出《だ》しました。

「ハッハッハ！　今《いま》の、聞《き》いたか？　この子《こ》ときたら、大階《おおかい》だんがロビーのどっち側《がわ》にあるかと聞《き》いてるんだ。どうやったって目《め》に入《はい》らないわけないのに。いやいや、本当《ほんとう》にじょう談《だん》がきつすぎるよ」

まだ、おなかをかかえて笑《わら》い続《つづ》けています。

そんなにおかしなことは言《い》っていないのに。

リラがそう思《おも》っていると、パルドゥーさんはわきによって通《とお》り道《みち》を空《あ》けてくれました。そして、

「おじょうちゃん、笑《わら》ったりしてごめんね。がんばって」

と、ぼうしをぬいであいさつしました。

リラはお礼《れい》を言《い》い、母《かあ》さんと手《て》をつないだまま中《なか》に入《はい》りました。

ロビーまで来《き》たとき、ふたりは思《おも》わず足《あし》を止《と》めました。

ふたりとも、言葉《ことば》も出《で》ず、息《いき》もできないくらいにおどろいたのです。

第6章
手強《てごわ》いライバル

　オペラ座《ざ》のロビーはとても広《ひろ》く、高《たか》い丸天《まるてん》井《じょう》の下《した》に、白《しろ》い大理石《だいりせき》でできた四人《にん》の作曲家《さっきょくか》の大《おお》きな像《ぞう》がならんでいて、おごそかな顔《かお》つきで、おとずれる人《ひと》たちをじっと見《み》ています。

　リラは緑色《みどりいろ》の大理石《だいりせき》のゆかに、そっと一歩《ぽ》をふみ出《だ》しました。

　そのとき急《きゅう》に、母《かあ》さんが立《た》ち止《ど》まりました。

「リラ、すごいよ」

　大階《おおかい》だんを見《み》た母《かあ》さんは、そうつぶやきました。

「見《み》て！」

リラは顔《かお》を上《あ》げて、目《め》に入《はい》ってきた光景《こうけい》に心底《しんそこ》おどろきました。大階《おおかい》だんはどこですかと聞《き》いたときに門番《もんばん》のパルドゥーさんに笑《わら》われたわけがわかりました。目《め》に入《はい》らないことなどありえないくらい大《おお》きいのですから。

白《しろ》い大理石《だいりせき》の階《かい》だんはずっと上《うえ》まで続《つづ》いていて、赤《あか》い大理石《だいりせき》でできた手《て》すりと柱《はしら》で縁取《ふちど》られています。大《おお》きなブロンズの女神像《めがみぞう》が、手《て》にたいまつをかかげています。

リラが見上《みあ》げると、細《こま》かいもようでかざられた美《うつく》しいバルコニーがあり、ガラスのシャンデリアがかがやいています。ステンドグラスのまわりの天井画《てんじょうが》には神話《しんわ》の物語《ものがたり》がえがかれ、雲《くも》の間《あいだ》を天使《てんし》が飛《と》んでいます。

「きれい」

リラはうっとりとつぶやきました。

美《うつく》しい光《ひかり》と色《いろ》でかざられたオペラ座《ざ》は、本当《ほんとう》におとぎの国《くに》のお城《しろ》のよう。パルドゥーさんが言《い》った通《とお》りです。まるで、物語《ものがたり》に書《か》かれた空想《くうそう》の世界《せかい》に入《はい》りこんだみたいでした。

そのとき、だれかの声《こえ》に、現実《げんじつ》に引《ひ》きもどされました。

「さあさあ、早《はや》く早《はや》く。しんさ員《いん》の先生方《せんせいがた》は待《ま》ってくれませんよ」

リラは、かん高《だか》いその声《こえ》がした方《ほう》をふり向《む》きました。

ベールのついたぼうしをかぶった身《み》なりのいいお母《かあ》さんが、前《まえ》を歩《ある》く女《おんな》の子《こ》をせかしていました。

女《おんな》の子《こ》は、ピンクのオーバーコートを着《き》て、カールした茶色《ちゃいろ》のかみを大《おお》きなピンクのリボンで結《むす》んでいます。

リラはほっとしました。

この親子《おやこ》がいるからには、これは夢《ゆめ》の世界《せかい》じゃなくて現実《げんじつ》にちがいありません。

「オーディションを受《う》けにきたの？」

リラは声《こえ》をかけてみました。

でも、返事《へんじ》はありません。

女《おんな》の子《こ》のお母《かあ》さんは、リラの母《かあ》さんをじっと見《み》て、それからリラのかみがたや服《ふく》、はいているくつをじろりと見《み》ると、ふたりをむししたまま、気取《きど》った声《こえ》で女《おんな》の子《こ》に言《い》いました。

「さあ、ソランジュ、オーディションにおくれないように」

そして、くるりとこちらにせなかを向《む》け、あごを高《たか》く上《あ》げて、せすじをぴんとのばして大階《おおかい》だんをのぼっていきました。ハイヒールのこつこつという足音《あしおと》があたりにひびきます。

女《おんな》の子《こ》は、リラをぬかして歩《ある》いていきます。すれちがうとき、ばかにしたような目《め》つきでこちらをちらりと見《み》ました。

それから、リラに聞《き》こえるくらい大《おお》きな声《こえ》で、自分《じぶん》のお母《かあ》さんに耳打《みみう》ちしました。

「ママン、あの子見《こみ》た？　ひょろりとしていて、みっともない大《おお》きなくつをはいてたわ。あんなのでオーディションに受《う》かると本当《ほんとう》に思《おも》っているのかしら」

これを聞《き》いたリラはどきりとして、そのまま階《かい》だんのとちゅうで足《あし》が動《うご》かなくなってしまいました。

女《おんな》の子《こ》の言《い》ったことは正《ただ》しいかもしれない。

そう思《おも》うリラの心《こころ》を読《よ》んだかのように、母《かあ》さんは手《て》を引《ひ》っぱりました。

「まさか、ばかみたいに大《おお》きすぎるリボンをつけた意地悪《いじわる》な女《おんな》の子《こ》のせいで、やる気《き》をなくしたわけじゃないだろうね」

リラはくびを横《よこ》にふりました。

もちろん母《かあ》さんの言《い》う通《とお》りです。

もう何《なん》か月《げつ》も前《まえ》から、パリ・オペラ座《ざ》バレエ学校《がっこう》に入《はい》ることを夢《ゆめ》見《み》て、せんたく屋《や》のおくで練習《れんしゅう》にはげんできたのですから。

それに、オーディションに来《く》るために、母《かあ》さんはなけなしのお金《かね》を使《つか》ってくれたのです。

汽車《きしゃ》では三等席《とうせき》に乗《の》り、小《ちい》さな宿《やど》の屋根《やね》うら部屋《べや》にとまりましたが、それでもこの二日間《ふつかかん》で、ふだんリールで使《つか》うお金《かね》の一か月分《げつぶん》も使《つか》ってしまいました。

せっかくここまできたのに、あと少《すこ》しのところであきらめるなんていうわけにはいかないのです。

母《かあ》さんだけではなく、せんたく屋《や》で働《はたら》く人《ひと》たちやエメ姉《ねえ》さんも、自分《じぶん》が夢《ゆめ》をかなえるのを心《こころ》からおうえんしてくれています。

それにリラは、この世《よ》のものとは思《おも》えないくらい美《うつく》しいオペラ座《ざ》のとりこになっていました。

リールで前《まえ》のような生活《せいかつ》を送《おく》ることなど、もう考《かんが》えられません。

不思議《ふしぎ》な音《おと》が聞《き》こえてきたので、リラはわれに返《かえ》りました。階《かい》だんを登《のぼ》る足音《あしおと》と、コートやドレスのすそがこすれあう音《おと》でした。

ふり返《かえ》ると、お母《かあ》さんに手《て》を引《ひ》かれた女《おんな》の子《こ》たちが大《おお》ぜい続《つづ》いています。

自信《じしん》ありげにむねを張《は》って歩《ある》く子《こ》もいれば、ごうかなオペラ座《ざ》に気《き》が引《ひ》けてしまったのか、おどおどした子《こ》もいます。階《かい》だんのわきにある大《おお》きなかがみで、自分《じぶん》のすがたをたしかめている子《こ》もいます。どの子《こ》もだまったまま大理石《だいりせき》の階《かい》だんを登《のぼ》りながら、心《こころ》の中《なか》では、同《おな》じことを願《ねが》っているのでしょう。「ずっとここにいられますように」と。

階《かい》だんの一番上《いちばんうえ》まで来《く》ると、大広間《おおひろま》を見《み》つけるのに苦労《くろう》はしませんでした。会話《かいわ》やささやき声《ごえ》や、布《ぬの》がこすれあう音《おと》が聞《き》こえてくる方《ほう》へと急《いそ》ぎました。

丸天井《まるてんじょう》には、十こものごうかなシャンデリアが光《ひか》っています。

その下《した》に女《おんな》の子《こ》が集《あつ》まっていて、お母《かあ》さんから最後《さいご》のアドバイスを受《う》けています。

どこまでも続《つづ》く大広間《おおひろま》のおくには、大《おお》きな鏡《かがみ》とだんろをせにして、スーツを着《き》た男《おとこ》の人《ひと》ふたりと、女《おんな》の人《ひと》三人《にん》がならんで座《すわ》っているのが見《み》えました。

「あれがきっとしんさ員《いん》の先生方《せんせいがた》だね」

母《かあ》さんは言《い》いました。

リラのとなりに小《ちい》さな緑色《みどりいろ》のぼうしをかぶったお母《かあ》さんがいて、女《おんな》の子《こ》にこう説明《せつめい》する声《こえ》が聞《き》こえてきました。

「ねえ、あっちを見《み》てごらん。はい色《いろ》のひげでせの高《たか》い先生《せんせい》が、*バレエ・マスターのハンセン先生《せんせい》。それから、こげ茶色《ちゃいろ》のたっぷりしたひげを生《は》やしたたくましい体《からだ》つきの男《おとこ》の先生《せんせい》は、支配人《しはいにん》のペドロ・ゲラール先生《せんせい》よ」

「じゃあ、群青色《ぐんじょういろ》のドレスを着《き》てせんすを持《も》っている女《おんな》の先生《せんせい》は？」

「あれこそが、元《もと》エトワールのロシタ・マウリ先生《せんせい》よ。あなたがマウリ先生《せんせい》に教《おし》えてもらえるかもしれないと思《おも》っただけで、ママはむねがどきどきするわ」

そのときとつぜん、どん、どん、どんと大《おお》きな音《おと》が部屋中《へやじゅう》にひびきわたりました。せの低《ひく》い男《おとこ》の人《ひと》が出《で》てきて、つえを三回《かい》、オーク

*バレエ・マスターはバレエ団《だん》の重要人物《じゅうようじんぶつ》。パリ・オペラ座《ざ》バレエ団《だん》のえん目《もく》を決《き》め、団員《だんいん》をかんとくします。

の木《き》のゆかにたたきつけたのです。

「さあみなさん、お静《しず》かに願《ねが》います。パリ・オペラ座《ざ》バレエ学校《がっこう》のオーディションを始《はじ》めます。その場《ば》にすわって、会話《かいわ》はひかえてくださいい。名前《なまえ》をよばれた人《ひと》は、しんさ員《いん》の先生方《せんせいがた》の前《まえ》に出《で》てくださ
い」

オーディションを受《う》ける女《おんな》の子《こ》たちは、さっと静《しず》まり、その場《ば》のゆかにすわりました。

お母《かあ》さんたちは空《あ》いているいすをさがしてこしかけます。せんすを取《と》り出《だ》してあおぐお母《かあ》さんたちもいました。

会場《かいじょう》は熱気《ねっき》に包《つつ》まれ、きんちょうが高《たか》まります。

「カンブルトンさん」

「はい」

とてもせの高《たか》い、茶色《ちゃいろ》のかみをおだんごにまとめた女《おんな》の子《こ》が立《た》ち上《あ》がり、おそるおそる前《まえ》に出《で》ました。

リラのそばにいた母《かあ》さんは、そっとささやきます。

「もうすぐおまえの番《ばん》だよ。いつよばれてもいいように、したくをしておいで」

そして、大広間《おおひろま》のとなりにある楽屋《がくや》の方《ほう》を指《ゆび》さしました。

第7章 うそつきの赤《あか》いシューズ？

リラは、しかたなく大広間《おおひろま》を出《で》て楽屋《がくや》に向《む》かいました。

本当《ほんとう》は、自分《じぶん》のレベルがどれくらいなのかを知《し》り、受《う》かるチャンスがあるかどうかのヒントにするために、今《いま》よばれた女《おんな》の子《こ》のおどる様子《ようす》が見《み》たかったのです。

最初《さいしょ》のピアノの音《おと》がひびくのを耳《みみ》にしながら楽屋《がくや》に入《はい》ると、女《おんな》の子《こ》たちがバレエシューズにはきかえているところでした。

リラはその間《あいだ》に入《はい》って座《すわ》り、衣《い》しょうに着《き》

がえると、横目《よこめ》でほかの子《こ》たちの衣《い》しょうを観察《かんさつ》しました。どの子《こ》もとてもすてきです。

トウシューズをはいてピルエットを練習《れんしゅう》している子《こ》がひとりいて、まわりの子《こ》たちのそんけいのまなざしを集《あつ》めています。

「わたしは、トウシューズをはいたこともない」

金《きん》ぱつでほっぺたのふっくらした女《おんな》の子《こ》がつぶやきました。ピンクのチュチュを着《き》ています。

「わたしも」とリラが言《い》うと、「あら、そうなの」と、ちょっととげのある声《こえ》が聞《き》こえました。

「それじゃあ、パリ・オペラ座《ざ》バレエ学校《がっこう》に入《はい》るのは無理《むり》でしょうね。わたしは三年前《ねんまえ》からレッスンを受《う》けているの。有名《ゆうめい》な先生《せんせい》が毎《まい》ばん一時間《じかん》、特別《とくべつ》に教《おし》えにきてくれる。パリ・オペラ座《ざ》バレエ学校《がっこう》を受《う》けるなら、最低《さいてい》それくらいはしなくちゃね」

リラはむっとしてふりむきました。

やっぱり、さっき階《かい》だんで会《あ》ったソランジュです。きれいな白《しろ》いチュチュを着《き》て、真《ま》っ白《しろ》いコルセットを身《み》につけています。

今《いま》は、白《しろ》のバレエシューズのリボンを足首《あしくび》にまいているとちゅうでした。頭《あたま》には、きれいな白《しろ》いばらのかざりをつけています。

「この衣《い》しょうは*ジゼルをおどるカルロッタさんの衣《い》しょうをまねて、ママンが用意《ようい》してくれたの」

＊「ジゼル」は1841年《ねん》にオペラ座《ざ》で初《はじ》めて上演《じょうえん》されたバレエで、ロマンティック・バレエの代《だい》表作《ひょうさく》です。

と自《じ》まん気《げ》に話《はな》しています。

リラは、ほかの子《こ》たちのごうかな衣《い》しょうにくらべて、自分《じぶん》の服《ふく》がふだん着《ぎ》みたいだということがよくわかっていました。

その朝《あさ》、屋根《やね》うら部屋《べや》で母《かあ》さんにかみを結《ゆ》ってもらったときは自《じ》信《しん》があったのですが、今《いま》ほかの子《こ》たちからライバル心《しん》むき出《だ》しのまなざしを向《む》けられると、本物《ほんもの》のバレリーナみたいな衣《い》しょうがうらやましくてたまらなくなりました。

でも、だいじょうぶ。わたしには、すてきな赤《あか》いシューズがある。エメ姉《ねえ》さんにもらったこのシューズがあれば、衣《い》しょうが少《すこ》しくらい地味《じみ》でも見《み》おとりしない。

リラはそんなふうに自分《じぶん》に言《い》い聞《き》かせながら、ほかの子《こ》たちの足《あし》元《もと》を見《み》ました。

白《しろ》いバレエシューズの子《こ》がほとんどで、あとはうすいピンクのシューズの子《こ》が少《すこ》しいます。やっぱり、リラのような赤《あか》のシューズの子《こ》はほかにひとりも見当《みあ》たりません。

リラは箱《はこ》を開《あ》けて、うす紙《がみ》を開《ひら》きます。

その音《おと》を聞《き》きつけて、ライバルたちがみんなこっちを見《み》ます。リラが手《て》に持《も》ったシューズに、熱《あつ》いまなざしが注《そそ》がれました。

みんな、お守《まも》り代《が》わりの赤《あか》いシューズがうらやましいんだ。エメ姉《ねえ》さんがここ、オペラ座《ざ》ではいておどったシューズだもん、オーディションにぴったりだよね。

リラはそう考《かんが》えながら、とくいげに、そっと左足《ひだりあし》だけはいてみます。もちろん、はばが少《すこ》しあまっていますが、つま先《さき》につめておいたわたたのおかげで、だいたい足《あし》に合《あ》っています。

足首《あしくび》にリボンをまいて結《むす》んでいると、ソランジュがたずねます。

「そのシューズはいったいどうしたの」

「オペラ座《ざ》にいた元《もと》バレリーナがはいていたんだよ」

リラはほこらしげに答《こた》えます。

「オーディションに受《う》かるように、お守《まも》り代《が》わりにわたしにくれたんだ」

「そんなわけないじゃない。こんなにはでなシューズをはくバレリーナなんていないいよ」

白《しろ》いトウシューズをはいておどっていた女《おんな》の子《こ》もよってきて、赤《あか》いシューズをじろじろ見《み》てから言《い》いました。

「その人《ひと》、オペラ座《ざ》のバレリーナじゃなくて、街《まち》のおどり子《こ》だったんじゃないの」

楽屋《がくや》にいた女《おんな》の子《こ》たちから、ばかにしたようなわらい声《ごえ》が上《あ》がりました。

リラは、顔《かお》が赤《あか》くなるのを感《かん》じました。

リラは言《い》い返《かえ》しました。

「これをくれたのは、わたしの姉《ねえ》さんみたいな人《ひと》なの。街《まち》のおどり子《こ》じゃなくて、まさにこのオペラ座《ざ》で、『ラ・シルフィード』や『ジゼル』をおどった元《もと》バレリーナ。大《だい》とうりょうだって見《み》にきたんだから」

リラはそう言《い》いながらも、だんだん自信《じしん》がなくなってきました。

「ははは」

ソランジュが大声《おおごえ》で笑《わら》います。

「大《だい》とうりょうだって。まさか、そんなはずがないよ。そんなシューズはいてるバレリーナなんて見《み》たことないもん。あなたの姉《ねえ》さんみたいな人《ひと》ってうそつきだね」

そして、いどむような目《め》つきで言《い》いました。
「そんなシューズでしんさ員《いん》の前《まえ》に出《で》たら、オーディションには
ぜったいに受《う》かりっこないね」
リラは強《つよ》いいかりを感《かん》じました。
すぐに立《た》ち上《あ》がって、ソランジュの頭《あたま》から花《はな》かざりをつかみとっ
てしまいたい。
そんなしょうどうにかられましたが、今《いま》は大事《だいじ》なときです。落《お》ち
着《つ》いていなくてはなりません。
リラは目《め》をとじて深《しん》こきゅうをし、心《こころ》をしずめました。
ソランジュの意地悪《いじわる》な言葉《ことば》のせいで、リラの中《なか》にはまよいが生《う》ま

れていました。

左足《ひだりあし》だけに赤《あか》いシューズをはいたままで、どうしたらいいのか、わかりません。

右足《みぎあし》もはくべきでしょうか？

もしもソランジュが言《い》ったことが正《ただ》しかったら？

お守《まも》り代《が》わりになるはずだった赤《あか》いシューズが、オペラ座《ざ》へのとびらをとざしてしまうかもしれません。

はだしでおどることもできます。

でも、シューズをはかないことにすれば、意地悪《いじわる》なライバルの方《ほう》が正《ただ》しいと認《みと》め、言《い》い負《ま》かされたことになってしまいます。

リラにもプライドがあります。

楽屋《がくや》の中《なか》は、しんと静《しず》まりかえっていました。

ついたての向《む》こう側《がわ》では、ピアノの音《おと》が止《や》み、最初《さいしょ》の子《こ》のオーディションが終《お》わったことがわかります。

楽屋《がくや》にいる女《おんな》の子《こ》たち全員《ぜんいん》の目《め》が、リラの赤《あか》いシューズにくぎづけになっています。リラがこれをどうするか、みんなが見守《みまも》っています。

リラは足《あし》が動《うご》かなくなってしまいました。

エメ姉《ねえ》さんのことを思《おも》い出《だ》します。

あんなにほこらしげに、大事《だいじ》なシューズをくれたのに。大《だい》とうりょうの前《まえ》でおどったシューズ。お守《まも》りになってくれるはずのシューズ。

駅《えき》でエメ姉《ねえ》さんに言《い》われた「これさえあれば、何《なに》もかもうまくいくはず」という言葉《ことば》がよみがえります。泣《な》きたい気分《きぶん》です。

そのとき、白《しろ》いトウシューズの女《おんな》の子《こ》が、とつぜんリラの手《て》から右《みぎ》のシューズをつかみ取《と》って、空中《くうちゅう》に投《な》げ上《あ》げました。

落《お》ちてきたシューズをキャッチすると、今度《こんど》はソランジュに向《む》かって投《な》げます。

それを受《う》け取《と》ったソランジュは、シューズを空中《くうちゅう》でくるくる回《まわ》しながら、「うそつき！　うそつきのシューズ！」とはやします。

リラはとびはねるように立《た》ち上《あ》がり、手《て》を上《あ》げてジャンプし、シューズをとりもどそうとしました。

でも、ソランジュの方《ほう》がせが高《たか》いので、リラはがんばっても手《て》がとどきません。

その様子《ようす》を見《み》て、ソランジュはまた笑《わら》いました。

「返《かえ》して」

リラはさけびます。

「さもないと、頭《あたま》のかざりを取《と》っちゃうから」

そのとき、「ルグランさん」とよぶ声《こえ》がしました。

リラはそれを聞《き》いたとたん、動《うご》けなくなりました。自分《じぶん》の番《ばん》が来《き》たのです。

「行《い》かなくちゃ。お願《ねが》い、シューズを返《かえ》して」

そのとき、おそろしいことが起《お》こりました。

ソランジュが、かべに向《む》かって歩《ある》いて行《い》ってまどを開《あ》けると、エメ姉《ねえ》さんのシューズを外《そと》に向《む》かっていきおいよく投《な》げたのです。

リラは息《いき》が止《と》まりそうでした。

頭《あたま》ががんがんいたくなり、目《め》の前《まえ》が真《ま》っ暗《くら》になりました。

入《い》り口《ぐち》に母《かあ》さんが顔《かお》をのぞかせ、心配《しんぱい》そうに、小声《こごえ》で言《い》いました。

「リラ、おまえの番《ばん》だよ」

第8章
勇気《ゆうき》を出《だ》して

リラに残《のこ》された道《みち》は、ひとつしかありません。

左足《ひだりあし》のシューズを思《おも》い切《き》ってぬぐと、ソランジュには目《め》もくれずに、楽屋《がくや》を後《あと》にしました。

母《かあ》さんが「いったいどうしたの」という顔《かお》をしていますが、何《なに》も答《こた》えず、ただくびを横《よこ》にふりました。今母《いまかあ》さんに話《はな》したら、すぐに泣《な》きくずれてしまいそうです。

天井画《てんじょうが》の天使《てんし》が見守《みまも》り、かがやくシャンデ

リアの下《した》、鏡《かがみ》と高《たか》い柱《はしら》にかこまれた大広間《おおひろま》で、いかりとくやしさと悲《かな》しみで、なみだが止《と》まらなくなるでしょう。

でもオペラ座《ざ》は、バレリーナにあこがれる女《おんな》の子《こ》のぜつ望《ぼう》やなみだを受《う》け止《と》めるような場所《ばしょ》ではありません。美《うつく》しい音楽《おんがく》が流《なが》れ、だれもがうっとりと夢《ゆめ》みるためのきらびやかな劇場《げきじょう》なのです。

だから、リラは何《なに》も言《い》わず、なみだをこらえて、しんさ員《いん》の前《まえ》に立《た》ちました。

ソランジュのことや、シューズをはいていないことに気《き》をとられてはだめ。待《ま》ちに待《ま》ったオーディションに集中《しゅうちゅう》して、ただ、ぜったいに受《う》かりたいという気持《きも》ちを見失《みうしな》わないようにしよう。

リラはなんとかそう自分《じぶん》に言《い》い聞《き》かせました。

勇気《ゆうき》を出《だ》して顔《かお》を上《あ》げると、バレエ・マスターのハンセン先生《せんせい》と目《め》が合《あ》いました。先生《せんせい》はすんだ青《あお》いひとみをしていました。

そのとなりでは、茶色《ちゃいろ》いひげのゲラール先生《せんせい》が、大《おお》きなノートに細《こま》かい字《じ》で何《なに》かを書《か》

きこんでいます。

元《もと》エトワールのマウリ先生《せんせい》は、リラにほほえみかけてくれています。その笑顔《えがお》のおかげで心《こころ》がなごみ、はげまされたように感《かん》じました。

「ルグランさん」

ハンセン先生《せんせい》が言《い》いました。

「パリ・オペラ座《ざ》バレエ学校《がっこう》に入《はい》りたいのですね」

「はい、そうです」

「その理由《りゆう》を教《おし》えてください」

「それは……わたしが……」

なんと言《い》っていいのか、言葉《ことば》が見《み》つかりません。

リラの頭《あたま》は、エメ姉《ねえ》さんのことでいっぱいです。

いつも聞《き》かせてくれたバレエの話《はなし》や、お手本《てほん》に見《み》せてくれたゆうがな動《うご》き。姉《ねえ》さんの思《おも》い出《で》を聞《き》きながら、オペラ座《ざ》のバレリーナになりたい、姉《ねえ》さんみたいになりたいとずっとあこがれていたこと。

でも、先生《せんせい》たちに、エメ姉《ねえ》さんのことを話《はな》すべきでしょうか？

もしもソランジュの言《い》う通《とお》り、姉《ねえ》さんが実《じつ》は、バレリーナではなかったとしたら?

しんさ員《いん》の先生《せんせい》たちの後《うし》ろにあるだんろの上《うえ》には、りっぱな時計《とけい》があり、金色《きんいろ》の秒《びょう》しんがチクタク、チクタクと音《おと》を立《た》てています。

「ルグランさん、しつ問《もん》に答《こた》えられますか」

「ええと、あのう……」

リラは口《くち》ごもります。

「よくわかりません」

これを聞《き》いて、ハンセン先生《せんせい》はまゆをひそめました。

「なぜ自分《じぶん》がパリ・オペラ座《ざ》バレエ学校《がっこう》に入《はい》りたいかがわからないというのですか」

「はい、わかりません」

ハンセン先生《せんせい》がますます顔《かお》をしかめたのを見《み》て、リラは自分《じぶん》がまずいことを言《い》ってしまったと気《き》がつきました。

そこで、急《いそ》いでこう言《い》い直《なお》しました。

「あの……本当《ほんとう》は、わかります。このバレエ学校《がっこう》に入《はい》りたいと思《おも》うようになったのは、オペラ座《ざ》の元《もと》バレリーナのおかげなんです。名《な》前《まえ》はエメさんといいます」

ハンセン先生《せんせい》は、けげんそうな顔《かお》をしてこう聞《き》きました。

「なんですって」

「エメ・ルーベルさんです」

リラはみょうじもつけ足《た》して答《こた》えました。

「わたしはエメ姉《ねえ》さんとよんでいますけれど」

「ふむ。おかしいなあ、聞《き》き覚《おぼ》えのない名前《なまえ》だ。パリ・オペラ座《ざ》のバレリーナだったというのはまちがいありませんか」

「はい」

ハンセン先生《せんせい》は、まだくびをかしげています。

そこで、リラは急《いそ》いでつけ足《た》しました。

「大《だい》とうりょうの前《まえ》で、『ラ・シルフィード』をおどったそうです」

ハンセン先生《せんせい》はまたまゆをひそめて、マウリ先生《せんせい》の顔《かお》を見《み》ました。

マウリ先生《せんせい》もくびを横《よこ》にふります。

ハンセン先生《せんせい》は、今度《こんど》はゲラール先生《せんせい》の方《ほう》を見《み》ます。

ゲラール先生《せんせい》は、手元《てもと》のノートをめくってたしかめてから言《い》いました。

「その名前《なまえ》のバレリーナがオペラ座《ざ》にいた記録《きろく》はありません」

リラはこう言《い》われて、青《あお》ざめました。

体《からだ》じゅうの血《ち》がこおったみたいに感《かん》じます。

エメ姉《ねえ》さんの話《はなし》は、やっぱりうそだったのでしょうか。

そのとき、元《もと》エトワールのマウリ先生《せんせい》が、助《たす》け船《ぶね》を出《だ》してくれました。

「おどるとき、どんな気持《きも》ちになるか教《おし》えてください」

と、温《あたた》かみのあるスペイン語《ご》なまりで聞《き》いたのです。

やさしい笑顔《えがお》のマウリ先生《せんせい》をがっかりさせないようにしなくちゃ。

リラは深《しん》こきゅうをしてから、話《はな》し始《はじ》めました。

「わたしの母《はは》は、リールでせんたく店《てん》をしています。わたしは店《みせ》のおくや作業部屋《さぎょうべや》、外《そと》の道《みち》の上《うえ》で、いつもおどっていました。そんなとき、いつもの自分《じぶん》ではなくなります。風《かぜ》に乗《の》って運《はこ》ばれる羽根《はね》になったり、チョウになったり、白鳥《はくちょう》になったりします。だからわたしはおどるのが好《す》きなんです。別世界《べっせかい》に旅《たび》して、わたしではない別《べつ》のものに変身《へんしん》できるから」

マウリ先生《せんせい》はまたにっこりして、うなずきました。

ハンセン先生《せんせい》がベルを鳴《な》らすと、こしの曲《ま》がった小《ちい》さなおばあさんが出《で》てきて、リラの方《ほう》に小走《こばし》りでやってきました。はい色《いろ》のエプロンをして、小《ちい》さなめがねをかけています。

「リラ・ルグランさんです。サイズをはかってください」

おばあさんは言《い》われた通《とお》りに、エプロンのポケットからまきじゃくを取《と》り出《だ》して、一言《ひとこと》も言《い》わずにリラのウエストにまきつけました。

続《つづ》いて、首《くび》のまわり、むね、太《ふと》もももはかります。

リラは息《いき》を止《と》めて、されるがままになりました。

おばあさんはしんちょうと足《あし》の長《なが》さ、うでの長《なが》さもはかりました。

それから、足《あし》のサイズを時間《じかん》をかけて調《しら》べ、サイズを書《か》いた紙《かみ》をメモ帳《ちょう》からちぎってハンセン先生《せんせい》にわたしました。先生《せんせい》は、受《う》け取《と》ったメモをじっくり見《み》てから、こう言《い》いました。

「ではルグランさん、ピアニストが一曲《きょく》えんそうしますから、音楽《おんがく》に合《あ》わせて自由《じゆう》に動《うご》いてください」

先《さき》ほどのおばあさんが、木《き》のゆかにじょうろで水《みず》をまいて、すべらないようにしてくれました。

リラはふりかえり、大広間《おおひろま》のすみで見《み》ているはずの母《かあ》さんを目《め》でさがします。

でも、自分《じぶん》に注目《ちゅうもく》している人《ひと》の群《む》れの中《なか》に、母《かあ》さんを見《み》つけることはできませんでした。

リラは目《め》をつむり、大《おお》きく深《しん》こきゅうしました。

とうとう本番《ほんばん》です。

第9章 希望《きぼう》とぜつ望《ぼう》、そして

大広間《おおひろま》の丸天井《まるてんじょう》の下《した》に、ピアノの音《おと》がひびきました。

ゆっくりした明《あか》るい曲《きょく》です。

エメ姉《ねえ》さんのアドバイスを思《おも》い出《だ》します。

「音楽《おんがく》がみちびいてくれるままにおどりなさい。体《からだ》をできるだけ軽《かる》くして。足《あし》を地面《じめん》につけてはだめ。羽根《はね》になって、空中《くうちゅう》を飛《と》ぶの」

リラはうでを丸《まる》くして、そっと開《ひら》きます。

そして、ジャンプします。

一回《かい》、二回《かい》、三回《かい》。

アントルシャ。

また、頭《あたま》の中《なか》にエメ姉《ねえ》さんの声《こえ》が聞《き》こえてきます。

「ゆうがに、そして、軽《かろ》やかに」

あっという間《ま》に、曲《きょく》が終《お》わりました。

大広間《おおひろま》の天井画《てんじょうが》に、ピアノの最後《さいご》の音《おと》がすいこまれていきます。

その少《すこ》し前《まえ》に、リラは最後《さいご》のポーズを決《き》めることができました。

両手《りょうて》をむねの前《まえ》で交差《こうさ》させ、少《すこ》し目《め》をふせて、くびをかたむけるのです。そう、写真《しゃしん》の中《なか》のカルロッタさんのポーズです。

大広間《おおひろま》は静《しず》まり返《かえ》り、大時計《おおどけい》のチクタクいう音《おと》のほかに、おどりきったリラのはあはあという息《いき》の音《おと》が聞《き》こえていましたが、やがて

それも静《しず》まっていきます。

「ルグランさん、ありがとう。さがってよろしい」

目《め》をとじて夢見心地《ゆめみごこち》になっていたリラは、ハンセン先生《せんせい》の声《こえ》にはっとしました。

目《め》を開《あ》けて、先生《せんせい》たちの顔《かお》を順番《じゅんばん》に見《み》てどう思《おも》っているのかを探《さぐ》ろうとしますが、男《おとこ》の先生《せんせい》ふたりはまじめな顔《かお》をしたままで、よくわかりません。

マウリ先生《せんせい》は、やさしくほほえんでいます。

リラはお礼《れい》を言《い》い、おじぎをして、大広間《おおひろま》の反対側《はんたいがわ》のすみで見学《けんがく》しているお母《かあ》さんたちの方《ほう》に行《い》き、その中《なか》に母《かあ》さんを見《み》つけました。

「とても上手《じょうず》におどれたね」

と母《かあ》さんは言《い》ってくれましたが、リラは自信《じしん》がありません。

「そうかなあ。あっという間《ま》に終《お》わっちゃったから……」

でも、母《かあ》さんは、本当《ほんとう》にうまくおどれたと思《おも》っているようです。

『あの子《こ》、上手《じょうず》ね』とささやく声《こえ》がとびかっていたよ。だれが言《い》っているのかは見《み》えなかったけれど」

それから母《かあ》さんは、ちょっと心配《しんぱい》そうにたずねました。

「先生《せんせい》にされたしつ問《もん》はどうだった？　ちゃんと答《こた》えられた？」

でも、リラはかたをすくめただけでした。

母《かあ》さんはそれを見《み》てため息《いき》をつきます。

何《なに》も言《い》わないからには、きっとちゃんと答《こた》えられなかったのでしょう。ふだんはおしゃべり好《ず》きで何《なん》でも話《はな》してくれるリラがだまってしまうなんて、めずらしいことです。

そのとき、またピアノが聞《き》こえてきました。

次《つぎ》の子《こ》のオーディションが始《はじ》まったのです。

でもリラには、ほかの子《こ》のおどりを見《み》る勇気《ゆうき》はもうありません。

それにすっかりつかれきってしまい、パリに来《き》てから初《はじ》めて、リールに帰《かえ》りたいと思《おも》いました。母《かあ》さんのお店《みせ》や、自分《じぶん》の部屋《へや》がこいしくてたまりません。

「ねえ、母《かあ》さん。エメ姉《ねえ》さんがオペラ座《ざ》のバレリーナだったって、

「本当《ほんとう》なわけがないだろう。ただの作《つく》り話《ばなし》だよ。エメ姉《ねえ》さんはいつも空想《くうそう》の世界《せかい》に生《い》きているから、現実《げんじつ》と想像《そうぞう》の区別《くべつ》がつかないんだ」

本当《ほんとう》？」

リラは、またせすじが寒《さむ》くなるのを感《かん》じました。

つまり、全部《ぜんぶ》うそだったってこと？　オペラ座《ざ》の思《おも》い出話《でばなし》も、シューズのことも、『ラ・シルフィード』を大《だい》とうりょうの前《まえ》でおどったことも、全部《ぜんぶ》でっち上《あ》げだったってこと？　だとしたら、エメ姉《ねえ》さんが、リラはオペラ座《ざ》のバレリーナになれると言《い》ってくれた言葉《ことば》にも、まったく意味《いみ》がないことになってしまいます。

リラは泣《な》きたいくらい、がっかりしていました。すっかりエメ姉《ねえ》さんの話《はなし》を信《しん》じきっていたのに。

夢《ゆめ》も、希望《きぼう》も、思《おも》いえがいていたしょうらいも、すべてががたがたと音《おと》を立《た》ててくずれおちていきます。

そのとき突然《とつぜん》、ピンクのチュチュを着《き》た女《おんな》の子《こ》が、リラに近《ちか》づいてきて、両手《りょうて》をにぎりました。くり色《いろ》のかみをしていて、目《め》がきらきらかがやいている女《おんな》の子《こ》です。

「さっきのおどり、すばらしかったよ」

右《みぎ》のほっぺだけにかわいいえくぼを見《み》せながら、満面《まんめん》の笑顔《えがお》でその子《こ》は言《い》いました。

「本当《ほんとう》に？」

リラはおどろいて言《い》いました。

「そう、すばらしかった。もちろん、テクニックということで言《い》えば、バレエを習《なら》ったことがないのはすぐにわかったよ。だけど、動《うご》きがていねいで、何《なに》より心《こころ》がこもっていた。それが一番大事《いちばんだいじ》なポイントなんだ」

「本当《ほんとう》にそう思《おも》う？」

「ぜったいにそう。わたしはもう一年以上前《ねんいじょうまえ》からここのバレエ学校《がっこう》の生徒《せいと》だからね。しんさ員《いん》がオーディションで見《み》るのは、家庭教師《かていきょうし》にバレエを習《なら》ったことがあるかどうかとか、テクニックや知《ち》しきとかじゃないんだよ。動《うご》きがていねいで、そこに心《こころ》がこもっているっていうことが大事《だいじ》なんだ。他《ほか》のことは学校《がっこう》で教《おし》えられるからね」

「わたし、バレエをちゃんと習《なら》ったことがないんだ」

「それはいいことだよ！　マウリ先生《せんせい》は特《とく》に、家庭教師《かていきょうし》はみんな、子《こ》どもの才能《さいのう》をだいなしにしてしまうって言《い》っているよ。バレエを初《はじ》めて習《なら》う生徒《せいと》の方《ほう》がずっと教《おし》えやすいって言《い》うんだ。ねん土《ど》がやわらかければ、どんな形《かたち》にもできるのと同《おな》じだって」

リラの顔《かお》がぱっと明《あか》るくなりました。

ねん土《ど》がやわらかければ、どんな形《かたち》にもできる。なんてすてきな考《かん》え方《かた》でしょう。

そんな話《はなし》をしてくれるなんて、オペラ座《ざ》に来《き》てから初《はじ》めて、この子《こ》となら友《とも》だちになりたいと思《おも》える子《こ》に出会《であ》いました。

「名前《なまえ》を教《おし》えてくれる？」

「アデル。ブルターニュ（フランス北西部《ほくせいぶ》）から来《き》たの。あなたは？」

「わたしはリラ。リールに住《す》んでる」

「そう、でも、リールとはもうお別《わか》れだね」

「そうだといいけど」

リラは言《い》いました。

「あとちょっとのしんぼうだよ。合格発表《ごうかくはっぴょう》がはり出《だ》されるのは、明日《あした》の朝《あさ》十時《じ》。その後《あと》、結果《けっか》を知《し》らせに来《き》てね。約束《やくそく》だよ」

「約束《やくそく》する」

「そうしたら、オペラ座《ざ》の中《なか》を案内《あんない》してあげる。すっごく楽《たの》しいんだから」

リラは、にんまりしながらオペラ座《ざ》を後《あと》にしました。

すっかり幸《しあわ》せな気《き》分《ぶん》になっていました。

シューズはなくしたけれど、その代《か》わりにすてきな友《とも》だちができたのです。

第10章
運命《うんめい》の合格発表《ごうかくはっぴょう》

よく朝《あさ》の十時《じ》に、オペラ座《ざ》の石《いし》だんの下《した》で、リラは母《かあ》さんといっしょに、合格発表《ごうかくはっぴょう》を待《ま》っていました。

心《しん》ぞうがどきどきしてはじけそうです。

昨夜《さくや》は、いやな夢《ゆめ》を見《み》てしまいました。

今度夢《こんどゆめ》に出《で》てきたのは、はい色《いろ》のひげのバレエ・マスター、ハンセン先生《せんせい》でした。

「街《まち》のおどり子《こ》には用《よう》がない。出《で》ていけ！」

とオペラ座《ざ》の大階《おおかい》だんの上《うえ》から命令《めいれい》したので、

リラは全速力《ぜんそくりょく》で階《かい》だんをかけ下《お》りはじめまし

た。ところが、階《かい》だんははてしなく続《つづ》いていて、終《お》わりが見《み》えません。バレエ学校《がっこう》の生徒《せいと》たちが上《うえ》から赤《あか》いシューズを投《な》げつけて、「リールに帰《かえ》っちゃえ」とはやしたてています。白《しろ》い花《はな》かざりを頭《あたま》につけたソランジュは、声《こえ》を上《あ》げて笑《わら》っています。

「リラ、だいじょうぶ？　何《なに》を考《かんが》えているの？」

リラは、母《かあ》さんの声《こえ》でわれに返《かえ》りました。

「なんでもないよ……ねえ、もしもわたしが受《う》かっていなかったら、母《かあ》さんはがっかりするでしょう」

母《かあ》さんはリラのかみをそっとなで、それからおでこにキスをしました。

「リラったら。どんな結果《けっか》だろうと、がっかりしたりしないよ」

母《かあ》さんはやさしい声《こえ》で答《こた》えます。

「もちろん、バレエ学校《がっこう》に入《はい》ってくれたらと願《ねが》っているよ。でも、それは、母《かあ》さんのためじゃなくて、おまえが一番幸《いちばんしあわ》せになれる場所《ばしょ》がここだからだ。そうだろう？」

リラはうなずきました。

名門《めいもん》のバレエ学校《がっこう》に入学《にゅうがく》できて、おとぎの国のお城《しろ》みたいにきらびやかなオペラ座《ざ》の大広間《おおひろま》で、チュチュを身《み》につけ、アデルたちといっしょに美《うつく》しい木《き》のゆかの上《うえ》を思《おも》いのままにおどれたら、たしかにどんなに幸《しあわ》せでしょう。

でも、自分《じぶん》は本当《ほんとう》にこんなすばらしい学校《がっこう》に入《はい》れるのでしょうか。

昨日《きのう》から、まったくわからなくなってしまいました。

そのとき、階《かい》だんの上《うえ》に、バレエ・マスターのハンセン先生《せんせい》がすがたを見《み》せました。集《あつ》まった親子《おやこ》に向《む》かっててしいねいにおじぎをしてから、門番《もんばん》のパルドゥーさんに合格発表《ごうかくはっぴょう》の紙《かみ》を渡《わた》します。

女《おんな》の子《こ》たちはみんな大《おお》さわぎです。

リラは、エメ姉《ねえ》さんがくれたお守《まも》り代《が》わりのシューズのことが、ふと気《き》になりました。かた方《ほう》をなくしてしまったけれど、それでも幸運《こううん》をもたらしてくれるでしょうか。

パルドゥーさんは合格発表《ごうかくはっぴょう》の紙《かみ》を受《う》け取《と》り、少《すこ》したしかめてから顔《かお》を上《あ》げ、ひげをなでると、鉄《てつ》のさくにはり出《だ》し、それから立《た》ち去《さ》りました。

そのとたんに、女《おんな》の子《こ》たちは自分《じぶん》の結果《けっか》を見《み》ようとかけよります。母《かあ》さんはリラの手《て》をぎゅっとにぎります。

リラは母《かあ》さんの目《め》を見《み》ました。

「ほら、見《み》てきなさい」

母《かあ》さんは、リラのせなかをそっと押《お》しながら言《い》いました。

「どんな結果《けっか》でも、夢《ゆめ》をあきらめてはいけないよ。そのことはわすれないで」

リラは、こくりとうなずきました。

「わすれない」と言《い》いたいのだけれど、声《こえ》になりません。

鉄《てつ》のさくにはられたリストの自分《じぶん》の名前《なまえ》「ルグラン」の横《よこ》に、「合格《ごうかく》」の二文字《もじ》が書《か》かれているかどうかで、自分《じぶん》の運命《うんめい》が決《き》まる。

そのことしか、考《かんが》えられないのです。

リラが母《かあ》さんを残《のこ》して階《かい》だんをのぼると、すでに自分《じぶん》の結果《けっか》を見《み》た女《おんな》の子《こ》が、残念《ざんねん》そうにうなだれて階《かい》だんを下《お》りてくるのとすれちがいました。

その反対《はんたい》に大喜《おおよろこ》びしている子《こ》もいて、その中《なか》のひとりの顔《かお》を見《み》ると、ソランジュでした。頭《あたま》にピンクのリボンをつけています。

「受《う》かった！　ママン、わたし、受《う》かったよ！」

ソランジュは、両手《りょうて》を広《ひろ》げてわらいながら階《かい》だんをかけ下《お》りていました。

おしゃれなベールつきのぼうしをかぶったソランジュのお母《かあ》さんは、泣《な》きたいのをこらえるように口元《くちもと》に手《て》を当《あ》ててから、ソランジュを抱《だ》きしめ、ハンカチを取《と》り出《だ》してそっとなみだをぬぐいました。

それを見《み》ていたリラは、うらやましくてたまりません。

すぐそばには、泣《な》きじゃくっている女《おんな》の子《こ》がいます。

リラはなぐさめる言葉《ことば》をかけてあげたいのですが、なんと言《い》ったらいいのかわかりません。もしかしたら自分《じぶん》だって泣《な》くことになるかもしれない。そんなふうに思《おも》ったのです。

とうとう、階《かい》だんの一番上《いちばんうえ》に着《つ》きました。

なんとか人《ひと》をかき分《わ》けて進《すす》み、はり出《だ》された紙《かみ》の前《まえ》まで来《き》ました。

アルファベット順《じゅん》にならんでいる名前《なまえ》を必死《ひっし》で見《み》ていきます。F《エフ》、G《ジー》、H《エイチ》、I《アイ》、J《ジェー》、K《ケー》と見《み》ていくと、やっとL《エル》から始《はじ》まる名前《なまえ》がならんでいました。

Langlais《ラングレ》	：合《ごう》　格《かく》
Larroux《ラルー》	：不合格《ふごうかく》
Leconte《ルコント》	：不合格《ふごうかく》
Leras《ルラ》	：不合格《ふごうかく》
Legrain《ルグラン》	：合《ごう》　格《かく》

リラは一度《ど》見《み》て、まばたきをしてから三回《かい》も見直《みなお》しました。見《み》ま

ちがったのではないかと心配《しんぱい》になったからです。

でも、やっぱり自分《じぶん》の名前《なまえ》「ルグラン」と同《おな》じ行《ぎょう》に「合格《ごうかく》」と書《か》いてあります！　心《しん》ぞうが、さらに高鳴《たかな》ります。

まるで雲《くも》の上《うえ》を歩《ある》いているような心地《ここち》がしましたが、なんとか母《かあ》さんのところにもどらなければなりません。

階《かい》だんを下《お》りると、母《かあ》さんがはらはらした様子《ようす》でこちらを見《み》つめていました。

「母《かあ》さん！　受《う》かったよ」

リラはさけびました。

母《かあ》さんが人《ひと》ごみをかき分《わ》け、リラの方《ほう》に両《りょう》うでをのばしながら、

こう言《い》いました。

「そう思《おも》ったよ！　そう思《おも》ったよ！　さすがだね。おめでとう！」

リラはうれしくてたまらなくなり、母《かあ》さんのむねにとびこみました。母《かあ》さんはハンカチを出《だ》して、ほほに落《お》ちたなみだをぬぐっています。

さっき見《み》ただれかのお母《かあ》さんも泣《な》いていたなと思《おも》ってふと見《み》ると、ソランジュのお母《かあ》さんが、つんとすました顔《かお》でリラと母《かあ》さんに近《ちか》づいてきます。

そして、つっけんどんに、

「おめでとうございます」

と言《い》いました。

「お母《かあ》さま、さぞかしおじょうさまがごじまんでしょうね」

「その通《とお》り、じまんのむすめです」

と母《かあ》さんは、ほほえみました。

ソランジュも近《ちか》づいてきました。そして口《くち》のはしだけで作《つく》りわらいをしながら、あくま手《しゅ》の手《て》を差《さ》し出《だ》して言《い》いました。

「おめでとう。そんなひょろひょろの足《あし》でオーディションに受《う》かるなんて、まだ信《しん》じられない」

リラは、ソランジュの手《て》をにぎるべきかどうか、ためらいます。

大切《たいせつ》なシューズをまどの外《そと》に投《な》げられたことが、よみがえってきます。今《いま》もゆるせない気持《きも》ちでいっぱいです。

でも、オーディションに受《う》かったうれしさのせいで、こばむ気《き》にもなれませんでした。

「あらあら、昨日《きのう》のことでおこっているわけではないでしょう？おこるどころか、わたしにお礼《れい》を言《い》うべきよ。わたしのおかげでオーディションに受《う》かったんだから。だって、もしも赤《あか》いシューズでおどったりしたら、すぐにしんさ員《いん》に不合格《ふごうかく》にされただろうから」

リラはよく考《かんが》えました。

たしかに、ソランジュの言《い》う通《とお》りかもしれません。ためらいながらも、ソランジュが差《さ》し出《だ》した手《て》をにぎりました。

なんとなく、ソランジュをてきにしない方《ほう》がいいような気《き》がしたのです。

そのとき、アデルのことを思《おも》い出《だ》しました。結果《けっか》を知《し》らせると約《やく》束《そく》したのをわすれるところでした。

でもどこに行《い》けば会《あ》えるのでしょう？

ソランジュにさよならを言《い》って、門番《もんばん》のパルドゥーさんのところに走《はし》って行《い》きました。

「やあ、スズメ、まだいたのかい。まさか、バレエ・マスターの先《せん》生《せい》が君《きみ》を入学《にゅうがく》させることにしたなんて言《い》わないだろうね」

「でもわたし、パリ・オペラ座《ざ》バレエ学校《がっこう》に受《う》かったんです」

パルドゥーさんはまだきつねにつままれたような顔《かお》をして、ひげをなでています。

「そうか……信《しん》じられないなあ」

リラはわらい出《だ》しました。

そのすぐ後《あと》で、びっくりしてとびはねました。

頭《あたま》の上《うえ》から、自分《じぶん》をよぶ声《こえ》が聞《き》こえたからです。

「リラ！　リラ！」

バルコニーの方《ほう》に顔《かお》を上《あ》げると、はるか上《うえ》の方《ほう》から手《て》をふるアデルのすがたが見《み》えました。

「どうだった？」

リラは両手《りょうて》をメガホンのように口《くち》の横《よこ》に当《あ》てて「受《う》かった！」と答《こた》えます。

「そうだと思《おも》ってたよ！」

アデルは答《こた》えます。

リラはほほえみました。

でも急《きゅう》に、そのとき見《み》えた光景《こうけい》に目《め》がくぎづけになりました。

なんと、バルコニーのさらに上《うえ》、*ロッシーニの像《ぞう》に、赤《あか》いシューズのリボンが引《ひ》っかかっていて、シューズがぶら下《さ》がって風《かぜ》にゆれているのが見《み》えたのです。

＊ロッシーニは多《おお》くのオペラを作曲《さっきょく》したイタリアの作曲家《さっきょくか》です。

第11章 取引成立《とりひきせいりつ》！

次《つぎ》の日《ひ》になって、リラはアデルに自分《じぶん》の計《けい》画《かく》を話《はな》しました。

アデルはびっくりして言《い》い返《かえ》します。

「バルコニーの手《て》すりをのりこえて、引《ひ》っかかっている赤《あか》いシューズをとりもどすだって？　どうかしてるんじゃない？」

アデルによれば、バレエ学校《がっこう》のきまりでは、オペラ座《ざ》のかべや屋根《やね》にはぜったいに登《のぼ》ってはいけないというのです。

「それに、ロッシーニの像《ぞう》にシューズが引《ひ》っ

かかるだなんて、ふつうありえないよね。ソランジュがよっぽど強《つよ》く投《な》げたか、それともとつぜん風《かぜ》がふいたのかなあ」

アデルは信《しん》じられないという顔《かお》で、頭《あたま》を左右《さゆう》にふります。

でも、リラはあきらめません。

「ねえ、お願《ねが》い。なんとかなるはずだよ。シューズはどうしてももとりもどさなくちゃいけないんだ。はくためじゃない。ちょうどいいサイズの白《しろ》いかわのバレエシューズが、明日《あす》学校《がっこう》でもらえる。最初《さいしょ》のレッスンからはけるようにね。でも、赤《あか》いシューズは大切《たいせつ》な人《ひと》からのおくりものだから、どうしてもなくすわけにはいかないんだ」

それを聞《き》いたアデルは言《い》い返《かえ》します。

「その人《ひと》は本物《ほんもの》のバレリーナじゃないって、昨日《きのう》、自分《じぶん》で言《い》ってなかったっけ」

「でも、わたしの姉《ねえ》さんみたいな人《ひと》なの。その人《ひと》が、幸運《こううん》のお守《まも》りだって言《い》ってくれた大切《たいせつ》なおくりものなんだ」

アデルはため息《いき》をつきました。

そして、天《てん》まどのところに、リラを連《つ》れていきました。

夕日《ゆうひ》に照《て》らされたオペラ座《ざ》が見《み》えています。

ここは、オペラ座《ざ》のうら通《どお》りで、ゴルドンさんという耳《みみ》が遠《とお》いおばあさんがやっている下宿《げしゅく》です。アデルをはじめとするパリ・オペラ座《ざ》バレエ学校《がっこう》の生徒《せいと》が何人《なんにん》かくらしています。

リラは今日《きょう》から、アデルと同《おな》じ部屋《へや》で、いっしょにくらすことになりました。

リールに帰《かえ》る前《まえ》、母《かあ》さんといっしょに部屋《へや》さがしをしているとアデルに言《い》ったら、アデルが自分《じぶん》の部屋《へや》に空《あ》いているベッドがあると教《おし》えてくれたのです。

リラは今朝《けさ》、母《かあ》さんと別《わか》れたばかりでしたが、アデルという友《とも》だちがいてくれるおかげで、さびしさをわすれることができました。今朝《けさ》、駅《えき》のホームで母《かあ》さんと別《わか》れたのは、とても悲《かな》しいできごとでした。

もちろん、母《かあ》さんは手紙《てがみ》を書《か》くと約束《やくそく》してくれたし、クリスマスは親子《おやこ》でいっしょにお祝《いわ》いするつもりです。でも、クリスマスまではまだ八か月《げつ》もあるし、リールはパリからとても遠《とお》いのです。明日《あした》からさっそくバレエのレッスンが始《はじ》まることになっていてよかったと、リラは思《おも》いました。

レッスンが始《はじ》まれば、悲《かな》しんでいるひまなどなくなるでしょう。本物《ほんもの》のバレリーナになるために、学《まな》ばなくてはならないことは山《やま》ほどありますから。

アデルは、赤《あか》いシューズがぶら下《さ》がっているロッシーニの像《ぞう》を指《ゆび》さして言《い》います。

「どれくらいの高《たか》さかわかる？　まず柱《はしら》を一番上《いちばんうえ》まで登《のぼ》らなければ

ならない。落《お》ちたらけがするだけじゃすまないよ！」

「高《たか》さが何《なん》メートルあるかはわからないけど」

とリラは答《こた》えました。

「わたし、高《たか》い所《ところ》はけっこうとくいなんだ。だから、あそこまで登《のぼ》るのはわたしがやるね。アデルにお願《ねが》いしたいのは、だれにも見《み》られないように、バルコニーで見《み》はっていることだけ」

「たしかにバルコニーで見《み》はっていれば、オペラ座《ざ》の中《なか》の人《ひと》たちには見《み》つからないですむかもしれない。でも、オペラ座《ざ》のかべにしがみついているあなたのすがたが、パリの街《まち》を歩《ある》く人《ひと》たちに見《み》られるっていうことは考《かんが》えてみた？」

リラは、手《て》でふりはらうしぐさをして言《い》い返《かえ》します。

「パリの人《ひと》たちは気《き》がつかないよ。いそがしいし、いつも下《した》を向《む》いて歩《ある》いているからね。レッスンが終《お》わった夕方《ゆうがた》、日《ひ》がしずみかけたころに登《のぼ》ればいい」

アデルは顔《かお》をしかめます。あぶないからといくら止《と》めたところで、リラはどうしてもやる気《き》なのです。

そのときとつぜん、ベルが鳴《な》りました。

「夜《よる》ごはんの時間《じかん》だ！」

リラは元気《げんき》いっぱいに言《い》い、

「じゃあ、お願《ねが》いね」

とつけたしてから、部屋《へや》を出《で》ようとします。

アデルは、そでをつかんでリラを引《ひ》き止《と》めます。

「ちょっと待《ま》って。わかった、赤《あか》いシューズをとってくる間《あいだ》、ちゃんと見《み》はりをしてあげる。でもその代《か》わり、わたしのお願《ねが》いも聞《き》くって約束《やくそく》して。万博会場《ばんぱくかいじょう》でおかしを売《う》るトムっていう男《おとこ》の子《こ》と友《とも》だちになった話《はなし》をしてくれたの、覚《おぼ》えてる？　その子《こ》のところに連《つ》れて行《い》ってよ」

リラはちょっとなやみました。

母《かあ》さんと、オペラ座《ざ》のある地区《ちく》以外《いがい》には出《で》かけないと約束《やくそく》してしまったからです。

でも本当《ほんとう》は、リラだって、トムが馬車《ばしゃ》の二階席《かいせき》で話《はな》してくれたことがわすれられなくて、この目《め》で見《み》てみたいとずっと夢見《ゆめみ》ていました。大《おお》きなかんらん車《しゃ》や、動《うご》く歩道《ほどう》……。

こうき心《しん》いっぱいのリラには、たまらなくみりょくてきです。

「じゃあ、取引成立《とりひきせいりつ》だね？」

リラは、友人《ゆうじん》が差《さ》し出《だ》した手《て》を、ぎゅっとにぎりました。

「取引成立《とりひきせいりつ》！」

そして、ふたりは笑《わら》いながら階《かい》だんをかけ下《お》りました。

ぜいぜい息《いき》を切《き》らしながら食《しょく》どうに入《はい》ると、すでに四人《にん》の生徒《せいと》がだまってスープを飲《の》んでいました。

下宿《げしゅく》の主人《しゅじん》であるゴルドンさんはふたりをにらみつけて、

「何《なに》をそんなに笑《わら》っているんだい。早《はや》く食《た》べ終《お》わってもらわないとこまるんだよ」

と小言《こごと》を言《い》いました。

さらに、リラに向《む》かって、

「あんたみたいな細《ほそ》い足《あし》の子《こ》が本物《ほんもの》のバレリーナになるには、スープをたくさん飲《の》まないとね」

と言《い》いそえました。

「おくれてごめんなさい」

とリラが言《い》いました。

「万博《ばんぱく》の話《はなし》をしていたんです」

「ばんばん？　そりゃちょっと元気《げんき》がよすぎるね」

「いいえ、万博《ばんぱく》です」

「ぱくぱくだって？　そう、ぱくぱくお食《た》べ」

リラとアデルはこっそり目《め》くばせして、ふたりともスープを飲《の》むことに集中《しゅうちゅう》しました。

その夜《よる》、リラはベッドの上《うえ》で、天《てん》までの向《む》こうに広《ひろ》がる星空《ほしぞら》をながめながら、ひとりリールに帰《かえ》った母《かあ》さんのことを考《かんが》えます。

ガス灯《とう》の明《あ》かりの下《した》、せんたく屋《や》でシャツにアイロンをかけている母《かあ》さんのすがたを思《おも》いうかべると、少《すこ》しさみしくなりました。

それと同時《どうじ》に、今始《いまはじ》まりつつある新《あたら》しい人生《じんせい》に、きらびやかなオペラ座《ざ》で行《おこな》われるマウリ先生《せんせい》のレッスンに、期待《きたい》がふくらみます。すっかり仲良《なかよ》くなったアデルのことや、もうすぐ会《あ》いに行《い》くことになったトムのこと、意地悪《いじわる》なライバル、ソランジュのこと。そして、まるでようせいのようにおどるカルロッタさんのことも、思《おも》い浮《う》かべます。

エメ姉《ねえ》さんは本物《ほんもの》のバレリーナではなかったのかな。

でも、姉《ねえ》さんが言《い》った言葉《ことば》の通《とお》り、わたしの人生《じんせい》は何《なに》もかもうまくいきそうだ。

そう思《おも》いながら、リラは幸《しあわ》せな気持《きも》ちでねむりにつきました。

シンデレラ・バレリーナ
Backstage
バック・ステージ

いろいろなしゅるいのキャンディーがあるよ！

ボンボン・フォラン

ぼうについたキャンディーだよ。屋台《やたい》やお祭《まつ》りでよく売《う》っているよ。

かたぬきキャンディー

いろいろな形《かたち》や味《あじ》があるよ！

缶入《かんい》りキャンディー

かわいい缶《かん》に入《はい》ってるのもあるよ。

ボンボン・ベルランゴ

ピラミッドのような三角形《さんかくけい》としまもようが特《とく》ちょうなんだ。

あまくておいしい♥
みんなはどれが食《た》べてみたい？

解《かい》説《せつ》

1860年《ねん》9月《がつ》29日《にち》、フランスの皇帝《こうてい》ナポレオン三世《さんせい》は、パリのル・ペルティエ通《どお》りにあったオペラ座《ざ》に代《か》わる新《あたら》しいオペラ座《ざ》を、パリの中心部《ちゅうしんぶ》に建設《けんせつ》すると発表《はっぴょう》しました。妻《つま》のウジェニー皇后《こうごう》の提案《ていあん》で、建築家《けんちくか》のコンペを開《ひら》いて最《もっと》も優《すぐ》れた建築家《けんちくか》を選《えら》ぶことになりました。当時《とうじ》35歳《さい》だった建築家《けんちくか》、シャルル・ガルニエは何《なん》か月《げつ》もかけて、全力《ぜんりょく》で設計《せっけい》に取《と》り組《く》みました。芸術《げいじゅつ》としての建築《けんちく》を目指《めざ》し、この上《うえ》なく豪華《ごうか》なお城《しろ》のようなオペラ座《ざ》の設計図《せっけいず》を完成《かんせい》させたのです。ガルニエは若《わか》くて無名《むめい》の建築家《けんちくか》でしたが、有名建築家《ゆうめいけんちくか》を含《ふく》む171人《にん》が参加《さんか》したコンペで、見事《みごと》に優勝《ゆうしょう》しました。

それから、12年《ねん》あまりにわたる大工事《だいこうじ》が始《はじ》まりました。数多《かずおお》くの職人《しょくにん》が雇《やと》われ、ガルニエ自身《じしん》が工事《こうじ》を監督《かんとく》しました。イタリアから大理石《だいりせき》を輸入《ゆにゅう》し、モザイクのもようや客席《きゃくせき》もガルニエがデザインしました。工事期間中《こうじきかんちゅう》に普仏戦争《ふふつせんそう》が起《お》こり、皇帝《こうてい》が退《たい》位《い》して第三共和制《だいさんきょうわせい》が宣言《せんげん》されたことから、工事《こうじ》に遅《おく》れが生《しょう》じました。しかし、1873年《ねん》にル・ペルティエ通《どお》りの旧《きゅう》オペラ座《ざ》が火事《かじ》で焼《や》けてしまったことから、工事《こうじ》は急《いそ》いで進《すす》められました。そしてついに、オペラ・ガルニエと呼《よ》ばれる新《あたら》しいオペラ座《ざ》が完成《かんせい》しました。

1875年《ねん》1月《がつ》5日《か》、ヨーロッパ中《じゅう》から2000人《にん》の著名人《ちょめいじん》が出席《しゅっせき》し、フランス大統領《だいとうりょう》によって新《あたら》しいオペラ座《ざ》の落成式《らくせいしき》が行《おこな》われました。未完成《みかんせい》の部分《ぶぶん》が残《のこ》され、ペンキが塗《ぬ》りたてのところもありましたが、それにも関《かか》わらず、夢《ゆめ》のような劇場《げきじょう》は全《すべ》ての人《ひと》を魅了《みりょう》しました。シャルル・ガルニエのオペラ座《ざ》は大成功《だいせいこう》を収《おさ》め、今《いま》にいたるまで、公演《こうえん》を見《み》るためだけではなく、おとぎの国《くに》のお城《しろ》のような建築《けんちく》を鑑賞《かんしょう》するために多《おお》くの人《ひと》が見学《けんがく》に訪《おとず》れています。オペラ座《ざ》は今《いま》も、バレリーナたちの夢《ゆめ》の舞台《ぶたい》です。

つぎのお話《はなし》は…

あこがれのオペラ座《ざ》バレエ学校《がっこう》で
レッスンを受《う》け始《はじ》めたリラは、
大切《たいせつ》な赤《あか》いシューズを
とりもどす計画《けいかく》を立《た》てました。
協力《きょうりょく》してくれたお礼《れい》として、
友《とも》だちのアデルをパリ万博《ばんぱく》に連《つ》れて行《い》き、
いっしょに楽《たの》しい時間《じかん》をすごします。
ところが、きそくをやぶったことが
他《ほか》の人《ひと》たちに
バレてしまいそうになって…。

原作者《げんさくしゃ》の
グエナエル・バリユソーさんってどんな人《ひと》？

少《すこ》しバレエを習《なら》ったことがありますが、
あまり上手《じょうず》ではありませんでした。
そこで、バレエシューズをぬぎ、
かわりに手《て》にペンを持《も》ち、小説《しょうせつ》を書《か》くようになりました。
自由時間《じゆうじかん》には、バレエを見《み》たり、
北《きた》フランスのブルターニュの海《うみ》で泳《およ》いだりします。
それから、
パリの散歩《さんぽ》が大好《だいす》きで、
オペラ座《ざ》の屋根《やね》の上《うえ》を歩《ある》いたこともある
というウわさです！

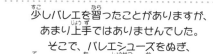

グエナエル・バリュソー

1976年生まれ。フランスのパリ出身。

高校の教師を経て「Les Demoiselles de l'Empire」シリーズ1巻目『Héloïse』(2013年、未訳)でデビュー。児童書や歴史小説など著書多数。邦訳作品は本書が初となる。

清水玲奈（しみず れいな）

パリ暮らしを経てイギリスのロンドン在住。

著書に『世界の美しい本屋さん』(エクスナレッジ)など。『マリア・モンテッソーリ（小さなひとりの大きなゆめ）』(ほるぷ出版)など訳書多数。

森野眠子（もりの ねむこ）

神奈川県出身。

漫画家、イラストレーター。雑誌や児童書のぬり絵、挿絵などを手がける。

漫画「元公爵令嬢の就職@ comic」シリーズ（原作・みたらし団子、TOブックス）を連載中。

シンデレラ・バレリーナ①

シンデレラ・バレリーナ 夢のバレエ学校へ！

作　グエナエル・バリュソー
訳　清水玲奈／絵　森野眠子

2024年3月　第1刷

発行者　加藤 裕樹

編集　林 利紗

発行所　株式会社ポプラ社
〒141-8210 東京都品川区西五反田3-5-8 JR目黒MARCビル12階
ホームページ　www.poplar.co.jp

印刷・製本　中央精版印刷株式会社
装丁　祝田ゆう子
校正　株式会社鷗来堂
翻訳協力　株式会社トランネット

N.D.C.953/183P/18cm　ISBN978-4-591-17805-8

P4174001

Cinderella Ballerina
Cinderella Ballerina
Cinderella Ballerina
Cinderella Ballerina
Cinderella Ballerina
Cinderella Ballerina
Cinderella Ballerina